ハーレクイン文庫

悪夢

ヴァイオレット・ウィンズピア

安引まゆみ 訳

HARLEQUIN
BUNKO

THE DEVIL'S DARLING

by Violet Winspear

Published by Harlequin Japan, a Division of K.K. HarperCollins Japan, 2016

悪夢

◆主要登場人物

パーシファ・パジェット……稀有な美少女。孤児。
マーカス・ストーンヒル……パーシファの後見人。
デイジー・パジェット……パーシファの母親。女優。故人。
チャールズ・パジェット……パーシファの父親。俳優。故人。
ディアブロ・エスレルド・ルイ……メキシコの大領主。
カルメンテイラ……ディアブロの乳母。
ギル・ハワード……宝石店の店員。

1

ドレスは完璧《かんぺき》だった。夕映えの色のドレスはパーシファのまっ白な肌に映え、プラティナ・ブロンドの髪をきわだたせる。はしばみ色の瞳がきらめき、いかにも愛らしい。

「きみは最後の古風なレイディじゃないのかい？　ダンスやキスは現代じゃあたりまえのことなんだよ」ラリー・コンダミンがむっとして言う。「ダンスはとてもうまかったよ。こんどはキスもうまいかどうか見せてくれなきゃ。ぼくは本気だぞ、パーシファ！　きみなら生まれつき、愛の手管を知ってるに違いない！」

庭を散歩しながら、ラリーはじれて、パーシファを抱きしめる。パーシファはたくみにラリーのキスを避けた。

「きみは美しい。ああ、ぼくのものにできたら！　でもきみの後見人ときたら、すごい大金持じゃないかぎり、きみを手離したりはしないだろう。いまいましい話さ！　そう思わないかい？　マーカスのやつ、きみを若い男には会わせようともしない。そのくせ、邸に招いた金持の賭博《とばく》好きには見せびらかす。きみだってうわさは知ってるだろう？　やつは、きみを競りにかけようとしているんだぜ！」

そう。マーカスのうわさは耳に入ってる。いくつかは事実だし、いくつかはまっ赤なうそだ――マーカス・ストーンヒルは母のデイジー・パジェットの死後、ずっとパーシファァを育ててくれた人だ。

亡くなった母への愛は深く、自分を財産家にとつがせようとしているのも、母の痛ましい運命への愛憎から出たものだとわかっている以上、ぐずぐず言う気もなかった。

母は女優だったが、貧しい俳優と結婚し、どさまわり興行で健康をそこねてしまった。

マーカスはたしかにビロードをはめた鉄の手で、パーシファァを厳しくしつけたけれど、不満などなかった。

「キスしないほうがいいわよ。マーカスのむちでぶたれたくなかったら」

とたんに、ラリーはおとなしくなる。ストーンヒル邸から追われて、足を引きながら出てきた貧しい求愛者が何人もいるといううわさのせいだった。ラリーはパーシファァに夢中だったけれど、むだに痛い目に遭う気はなかったのだろう。

「ぼくを愛してくれないか。いっしょにオーストラリアに行こう。あそこなら何千ポントかでちょっとした土地が買えるらしい。それくらいなら、祖母からなんとか引きだせるんだよ。ねえ、どう思う、パーシファァ？」

「オーストラリアの霞《かすみ》は食べられるの？」

思わずゆるんだラリーの腕からぬけだし、邸のほうに歩みはじめる。邸では大きなパーティーが開かれていて、主人はマーカスの友だちで、パーシファァのエスコートもマーカス自身だった。

邸の主人はビジネスマンだが、マーカスはビジネスなど退屈きわまると言って見向きもしない。賭博こそマーカスの情熱の対象だった。つきあいは、したがって一流のビジネスマンばかり。

ラリーがしぶしぶあとについてくる。パーシファァは心のなかで微笑する。ラリーはとてもすてきな青年だけれど、それだけのこと。もしラリーを愛していたら、マーカスに逆らってでもオーストラリアに行くんだけれど。

そもそもパーシファァは、愛にそれほど重きを置いていなかった。マーカスの教育のせいかもしれない。ひとたび心を奪われてしまえば、幸福よりは心に痛みを抱くようになる場合が多いんだもの。

大広間からシャンデリアの明かりがあふれる……何かわるいことがおきたのかしら？ さっきまでダンスしていた人たちが、何人かずつひとかたまりになって、おびえたように小声で話しあっている。

パーシファァは柳の木の下で立ち止まった。長身の男性がまっすぐ自分に向かって歩いてくる。まるで赤銅色のインディアンか、人間の形をした虎のよう――はじめて会ったときもそう思ったけれど。

紹介されたのは、マーカスの書斎でだった。帰って行くところを、二階の手すりに隠れるにして見ていたのだが、やはりいまのように、音もなく、しなやかな獣のような歩きかただっだ。

翌日、マーカスが話してくれたところでは、メキシコからきた人で、イギリスの大地主などひょっこに見えるくらい、信じられないほど広大な土地の持ち主だという。パーシファが名前をたずねたのは、あまりにも印象が強烈だったからで、けっして好ましいと思ったからではなかった。後見人もやわな人ではないが、その外国人ときたら酷薄そのものの感じだった。

いま、その人、ドン・ディアブロ・エスレルド・ルイが、黙りこんだ人々のあいだを縫って近づいてくる。パーシファはマーカスとの会話を思いうかべた。

「悪魔みたいなかたね。きっとお母さんも、はじめてあのかたを見たときそう思ったからこそ、ドン・ディアブロなんて名前をつけたのよ」

マーカスはいつものようににやっと笑ったけれど、わたしを見た目には何かがあったわ。いったい、あのスペイン系の男とどんな関係があるのかしらって思ったもの。

「あの人と勝負をなさったの?」

「いいかい、パーシファ。人間は自分の 主 を相手にギャンブルなどしないものさ」

「あなたに主なんているはずが……」

「神や悪魔でさえ主でないと言えるのかな？」

あのふしぎな会話は忘れられない。その男性がいまパーシファァの前で立ち止まり、外国人らしく会釈をして話しかけてきた。そして、このときの会話こそ、一生忘れられないものとなった。

「残念です、セニョリータ・パジェット。あなたの後見人はお倒れになりました……」

「それじゃ、すぐ行ってあげなくちゃ」

「いや」ぱっと駆けだそうとするパーシファァを、力強い手が押しとどめる。「あなたにできることは何ひとつありません、セニョリータ。心臓の発作です——一瞬のうちに、致命傷になりました。ぼくは死の通知を伝える役です。故人に一番近いあなたに、この痛ましい知らせをお伝えしないわけにはいかない。ただひとつの慰めは、発作がすばやくて苦しみがなかったことでしょう。ちょうど、すばらしい手をつくってトランプを置いたときのことです。ぼくは一部始終を見ていました。あのかたは微笑をうかべていましたよ、セニョリータ・パジェット」

「微笑ですって？　ほほ笑みながら死んだっておっしゃるの？」

「ええ、セニョリータ。そういうこともありうるんです」

「でも……そんな……いいえ、マーカスが死ぬはずないわ！」パーシファァは、相手の言葉の意味がわかると、悲鳴をあげた。「わたしのただひとりの大切な人なのに！　ただひとりの身寄りなのに！　マーカス！　マーカス！」

パーシファァはふたたび駆けだし、ドンの手につかまり、抱きあげられ、夜の世界へ連れて行かれると感じる――が、じっさいは気を失って、そのまま何時間も意識を回復しなかった。

「かわいい人《カリッシマ》、事実は争おうとしないで受けいれなさい。だんなさま《セニョール》はいまやっとおやすみになったんです。やっとセニョリータ・デイジーといっしょになれたんですよ。ただひとり、心から愛したかたと。だから、こうお考えなさい。この世でははかない縁《えにし》でしか結ばれなかったおふたりが、やっといっしょになれたのだと」

気がついてみると、パーシファァはストーンヒル邸の自分の寝室で横たわっていた。ルクレツィアが両腕に抱いて慰めてくれる。デイジーがパーシファァを産んで数日後に亡くなって以来、ずっと育ててくれたイタリア人の乳母だった。

「だってルクレツィア、マーカスはパーティーに行くときも、とても元気だったのよ……珍しく上機嫌だったわ。まるで、大きな賭《か》けに勝ったみたいに。気分が悪いなんてひとことも言わなかったのよ……フィレンツェで倒れたときとは違うわ。ああ、ルクレツィア、あのときが最初の発作だったの？　心臓が悪いのに、誰にも言わなかったの？　いかにもマーカスらしいけど……」

「だんなさまは、あなたには絶対に苦しい思いをさせたくないって思ってらしたから。あなたには虹《にじ》だけを見せてあげたい、ミス・デイジーを苦しめた雷になど、けっして遭わせたくないって。ミス・デイジーはとてもきれいなかたでしたわ。でも、ご主人から逃げだしてだんなさまのところに逃げこんでいらしたときは、もう遅すぎたの。だんなさまは、ほとんど何もしてさしあげられなかった。わかるわね？　あなたはもう子どもじゃないんだもの。二十歳《はたち》の若い女性でしょう？　だったら、人生の真実をちゃんと受けいれなさい」

「でもルクレツィア、マーカスはまだ四十五歳だったのよ……」

パーシファァは涙にくれる。底なしの孤独の沼に引きずりこまれていくような寂しさだ。マーカスはいつもわたしを守ってくれたのに。父のかわりで、先生で、楽しい友だちだったのに。デイジーを失ったために、いろんな点でシニカルになっていたけれど、パーシファァにとっては、批判を許さないくらい愛する人だったのに……。

「どうしたら耐えられて？　わたし、何をしたらいい？　どこへ行けばいいの？」

ストーンヒル家は限嗣相続だから、この大きな石造りの邸宅もマーカスの甥《おい》のものになってしまう。甥は結婚していて子どももあり、パーシファァを一家の一員として認めてさえいなかった。二十年間をすごしてきたこの邸も、もう自分の家ではない。

「わたし……ほうりだされてしまったような気がするの。わたしを守ってくれていた強い城壁がこわれてしまって、ひとり、とり残されてしまったような……こんなみじめな思いははじめてよ、ルクレツィア。とても耐えられそうにないわ」

それでも、パーシファァは続く数日に、またそのあいだにおきた出来事にも、なんとか耐えていた。マーカスの親類がストーンヒル邸に乗りこんできて、葬儀をとりしきり、パーシファァは埋葬に立ちあうことさえ許されなかった。しかるべき小切手を切るから、すぐ出て行ってくれと言う。まるで、マーカスの情婦同様の扱いだった。

こんなもの！　パーシファァは小切手をずたずたに裂き、マーカスが買ってくれたドレスをスーツケースにつめると、図書室に行って母の肖像画をはずした。そのとき、電話が鳴った。

出たくはない。誰とも話なんかしたくない。手にほこりもついているし……けれども電話は鳴り続ける。パーシファァはホールに出て、受話器を手にとると、涙にかすれる声で言った。

「誰もいません。身内の者は皆、葬式に出かけてますから」

「セニョリータ・パジェットでしょう？」

「わたくしですけれど、セニョール。いったいなんのご用でしょう？」

「あなたにお目にかかりたい。数分後に車でそちらに行きます」

深い、外国なまりのある声。メキシコからきた、あの日焼けした男の顔が心にうかぶ。

「むりですわ。わたくし、ストーンヒル邸を出て行くところですもの……ひどくせかされていますので」

「そこにいて、ぼくを待っていてください。あなたの後見人に関することで、また亡くなる数日前に話しあったことで、ぜひともあなたに会わなければ。ひじょうに重要な要件です。セニョール・ストーンヒルは、あなたがこの件を実行するよう望んでおいでだった」

「あなたとマーカスが、わたくしに関することで話しあわれたなんて想像もつきませんけれど……マーカスが賭博をしていたことは知っています。でも、わたくしには関係がないはずですが」

「ぼくもギャンブルはしませんよ、セニョリータ・パジェット……どうしたんです？　ぼくに会うのがこわいんですか？」

「わたくし、いまは何事にも、どんな感情も持てません。いいですわ、そうなさらなければならないのなら、いらしてください。石段のところでお待ちします。わたくしはもうこの家の者ではございませんので」

その言葉のとおりに、パーシファァは石段に座っていた。喪服を着て、スーツケースをそばに置き、母親の肖像画を立てかけて。車が寄ってきて、石段の前で止まった。

ドアが開き、長身の男がおり立った。一分のすきもないグレイのスーツ姿だった。四段目まで石段をのぼり、じっとパーシファを見つめた。いままで泣いていたことはあきらかだった。頬には涙の、手には肖像画のほこりの跡があった。

「まるで子どもみたいに顔が汚れているぞ」ドンはまっ白なハンカチをパーシファのひざに置く。「セニョリータ。顔をふいて、ぼくといっしょにきたまえ」

「そんなことするものですか。わたくしに命令するなんて、ご自分をなんだと思ってらっしゃるの？」

ドン・ディアブロ・エスレルド・ルイはゆっくり答えた。

「きみと結婚する男さ」

恐ろしいショックに耐えてきたパーシファも、あまりにも思いがけない言葉に、まっ青になる。ハンカチを握りしめ、日焼けした顔を見かえす。まるで、とつぜん大人たちによってたかっていじめられることになった子どものように、とまどい、傷ついたまなざしだった。

「何てことだ《ボル・ディオス》……」

ドンはさっと上体をかがめると、軽々とパーシファを両腕で抱きあげ、車に運んでうしろのシートに座らせた。すぐ引きかえして、スーツケースと肖像画をとってくると、静かにドアを閉めた。

それから、この悪魔じみた顔をした外国人は、パーシファを両腕に抱き、頭をグレイのスーツの肩にのせて、思いきり泣くようにとすすめるのだった。

「メキシコにはこんなことわざがある。ワインのためのときもあれば、水のためのときもある――喜びのときも、涙のときもあるという意味だ。心ゆくまで泣くんだよ、おちびさ《チー》ん《カ》。それから、男と女として、話をしよう」

　男と女として？　この、ほとんど知らないと言っていい男は、平然と結婚すると言ったけど……顔をふくと、まっ白なハンカチはほこりで薄汚れてしまう。ふいに、ひどい格好に違いないと思う。もう二度と眠ることのない寝室をとびだすとき、怒りのあまり髪をとかすことさえ忘れていたので、身なりにうるさいマーカスが見たら、どんなに嘆いたろう！

「あなたのハンカチを台なしにしてしまって。洗っておかえししたいんですけれど、でもストーンヒルからほうりだされてしまったものですから……おかしいでしょうか？　二十歳にもなる女性が、とつぜん、自分には家もお金もなく、お皿を洗うすべさえ知らないことに気づくなんて！　ひどく滑稽《こっけい》なことなのに、わたくし、笑う元気さえないんです。いまごろは、マーカスの柩《ひつぎ》に白いばらを置いているはずなのに……わたくしは家族の一員じゃないって言われて。なんの権利もないって言わんばかりなの。ルクレツィアは葬式に出してもらえたのに。マーカスが子どものころ世話をしたからって。でも、マーカスに子どものころがあったなんて、わたくしには想像もつかないんです。昔から大人で、なんでも知ってたような気がして」

パーシファはまっすぐドンの顔を見る。ドン・ディアブロは真剣な目でパーシファを見守っていた。とても、心のなかは読めない。インディアンの血がまじっているのだろうか、まるで古代アステカ王国の戦士のような顔だった。

「わたくし、マーカスのこと、とても大切に思っていました――あの人のためなら、どんなことだってしてしまいましたわ」

「それを聞いて、ぼくもうれしいよ」

貴族的な顔立ちだとさえ言えるかもしれない。魅力的でない部分はどこにも見つからないのに、パーシファはこの相手が恐ろしかった。ハンカチを指に巻きつけながら、心の底まで見透かしてしまうような目から、目をそらす。

「おなかがすいたでしょう、セニョリータ？　きっと、ちゃんとした朝食もとってないんでしょう。それなのに、もうお昼近いんだから」

「おなかがすいた感じはしませんけど……でも、いまなら何か食べられそう……」

「じゃあ、食べよう」

ドンはシートの上にランチ・バスケットを持ちだす。ロースト・チキンとロールパン、トマトとセロリ、それにワインとワイングラスが入っていた。ドンはワインを注《つ》いでパーシファに手渡す。

「まず、これからはじめたまえ」有無を言わせぬ表情だった。ドンはパーシファァを見つめ、グラスをあげて言う。「乾杯《サルード》、セニョリータ。ワインがいくらかでも、きみの心の痛みを和らげてくれますように」

ふしぎな男、と、パーシファァは思う。反対できない力を備えていて、言われるままに軽食をとっていると、ピクニックと同じように楽しい気分になってくる。ワインはきっと極上で、かなり強いものだったに違いない。まもなくこの数日間の出来事から鋭い角《かど》がとれ、ずいぶん耐えやすくなったような感じさえしてくる。

デザートの大きないちごを食べ終わると、パーシファァはシートの背にもたれてくつろぐ。二杯のワインで顔がぼんやりしてきて、苦痛が和らぎ、心まで軽くなった。

いまとなっては、どんなことがおこっても、どうでもいいような気がする。この傲慢《ごうまん》なドンはわたしを口説くかもしれないのに、わたしを守ってくれるマーカスはもういない……。

パーシファァは自分が美しいことを否定するつもりはなかった。母親のデイジー似なのだから。マーカスほどの男を、一生とらえて離さなかったデイジーのもろい美しさを受け継いでいるのだから。

どんな相手とでも結婚できる身分なのに、マーカスは聖職者の娘のために、一生を独身ですごした。その娘は、貧乏で不実な俳優と駆け落ちし、舞台に立ち、病いに倒れ、手遅れになってからマーカスのもとに帰ってきた――マーカスはデイジーを女神のようにあがめていた。そして、ある意味では、パーシファもマーカスを神のようにあがめていたのかもしれなかった。

「何かお話があるということでしたけれど、ドン・ディアブロ、電話はただ、わたくしを連れだすための口実でしたの？」

「ぼくは一度も口実なんて使ったことはないよ、セニョリータ」ドンもシートの背にもたれ、指で金のシガレット・ケースをもてあそんでいた。「たばこをすっても構わないかな？」

「もちろんどうぞ、セニョール……わたくしはすいません、マーカスがいやがったものですから。女性の肌に悪いって言うんです。しわの原因になり、肌のつやをなくすからって。マーカスはわたくしの母を熱愛してて、いつもわたくしに言って聞かせてました――母の肌は、けっして色あせないばらの花びらのようだったって。マーカスはばらが大好きだったから、だからこそわたくし……」パーシファは声をのみ、やがてまた、あとを続ける。「マーカスだって、ときには残酷になったかもしれません。でも、あの親族みたいに執念深いことは一度もありませんでした。わたくしを情婦扱いするんです。被後見人なのに。そう思わない人も何人かいたことは知ってます。マーカスはあんなにハンサムだし、ギャンブラーでもあったから。でも、あの人は、わたくしを実の娘のように愛してくれました」

「よくわかっています、セニョリータ。ぼくら、スペイン系の人間は、すぐ相手を見ぬく。安心していいですよ。短いつきあいだったが、ぼくはセニョール・ストーンヒルをとても尊敬している。明敏で、頭の回転が速く、彼なりの流儀ではあったが、珍しいくらい名誉を重んじる人だった。なぜ、ぼくらが知りあいになったか、ふしぎに思いませんか？」

「もちろん思いますわ。わたくし、いつもマーカスといっしょでした。外国に旅行するときも。でも、あなたには、一度もお目にかかったことはなかったし、ドン・ディアブロってお名前を聞いたこともなかったんですもの」

「ぼくらは、ぼくがストーンヒル邸にくるまで、一度も会ったことがないんです。しかも、じつにふしぎな用件でうかがった——もし運命がマーカスを連れ去らなかったら、彼自身が話したはずの話なんです。だから、落ち着いて、話し終わるまで聞いてくれますね、セニョリータ？」

「わたくし、別にほかに行くあてもございませんし」パーシファはかすかにユーモアを漂わせて言う。こんなときマーカスは、いつもきらっと目をきらめかせてくれたものだった。

「物語は好きなほうですのよ、セニョール」

「これは小説ではなくて、事実なんだよ、セニョリータ。メキシコではじまって、イギリスで終わろうとしている、長い長い話なんです。

ある日のこと、ぼくは新しい馬に乗って自分の領地を走っていた。ところが、馬は蛇に驚き、棒立ちになってぼくをふり落とした。ぼくは石で頭を打って、気を失った。落馬した拍子につば広の帽子がはずれてしまったらしい。もしあのまま、メキシコの強烈な太陽の下に、たとえ一時間でもさらされていたら、ぼくは熱射病になり、ことによると視力まで弱めてしまったかもしれない。が、運よく幌《ほろ》馬車が通りかかった。旅の鋳掛け屋でね、恐ろしく日焼けしてラフな格好だったから、口をきくまでメキシコ人だと思っていたくらいだ。驚いたことに、教育を受けた人間の英語を話すんだよ。その男はぼくを幌のなかに入れて日差しから守り、貴重な水でぼくの頭を冷やしてくれた。じっさい、生命を救ってくれたとまでは言わないにしても、ぼくの正気を守ってくれたことはたしかなんだ。

話をしているうちに、相手の男は、何年もイギリスの舞台に立っていた俳優だとわかった。とはいえ、大いに成功したとは言えなかったらしい。妻が自分をすててほかの男に走ったとき、彼はひと山あてようとしてイギリスを出たんだよ。ペルー、アルゼンチンと放浪して、メキシコにたどり着くと、ここでしばらく、あそこでしばらくというふうに働いたあげく、行商人になった。鍋釜、特効薬を売り歩くのさ。面白い男だった。話の種はいくらでも知ってるし、館の暮らしは閉ざされたものだったから、ぼくはその男を誘ったんだよ——うちにきて、よろず修理屋でもやらないかって。男は同意した。体調が思わしくなくて、どこかに落ち着きたかったんだね。前にも言ったとおり、男には教養があった。

ぼくらは夜になると、しょっちゅう世間話をしたものなんだ」

ドンは言葉を切り、思いに沈んだ目でパーシファをじっと見つめた。

「そうとも、セニョリータ、きみはお母さん似だ。お父さんには似ていない。あのラフで疲れて日焼けした顔。瞳は青だったが、きみのは黄金《こがね》色に近い茶色だもの」

パーシファは目を丸くしてドンを見つめる。いったいなんの話をしてるのかしら？　何をほのめかしているの？　まさか、メキシコで、わたしの父と友だちだったと言ってるんじゃ……。

「そうだよ、セニョリータ・パジェット」

ドンはパーシファの心を読んで、ゆっくりうなずく。はしばみ色の瞳がショックできらきらときらめいた。

「チャールズ・パジェットが死の床についたとき、いつも首にかけていたミニアチュアを、ぼくにくれた。美しい女性だった。チャールズの妻だった女性だという。若いころ、つらい目に遭わせたと、自分でも認めていたよ。妻がもっといい夫になれたはずの男のもとへ走ったことも知っていた。妊娠していることも知っていて、マーカスならちゃんと面倒を見てくれることもわかっていたから、チャールズはそっとしておこうと決心したらしい。でも、息を引きとる前、ぼくに頼んだんだよ。もし、イギリスに行くようなことがあったら、ストーンヒル邸を訪ねて、その子が大切にされているか、幸せに暮らしているか、たしかめてみてくれって。そしてぼくは、その約束をはたしたわけです。数週間前、商用でこの国にきたんでね」

ドンはたばこを窓から投げすてると、ポケットからミニアチュアをとりだした。いくつもの国の太陽にさらされて色あせてはいたけれど、はっきり見分けがつく。優しい笑顔だった。

「この美しい人がきみのお母さんなんだね、セニョリータ？」

「ええ……そして、父の名前も、たしかにチャールズです……でも、信じられませんわ、セニョール」

「信じなさい。運命の戯れです――チャールズはきみをマーカスに託し、マーカスはきみを、ぼくに託した」

「どういう意味ですの？」

パーシファはどきっとして、母のミニアチュアを握りしめた。

「正確に、いま言ったとおりの意味ですよ、セニョリータ。あえてメロドラマふうの言いかたを使えば――きみはぼくの手のなかにある」

「そんなことを言えるのはマーカスだけよ。そして、わたくしもそれを望んでいたから……」

「きみはいつもマーカスの求めにこたえてきたんだろう？　いつもマーカスの希望に沿っ

てきたね?」

「わたくし、マーカスを愛してましたもの！　母が亡くなったとき、わたくしのことを心配してくれたのはマーカスただひとり。もちろん、マーカスを喜ばせるためなら、どんな頼みでも聞きましたわ。わたくしの感謝のしるしですもの――だって、実の父は何ひとつしてくれなくて、わたくし、孤児院に入るしかなかったんです！」

「そのとおり」

ドンはかすかに身を乗りだしてパーシファの目を見つめる。まるで催眠術にかけるように。餌食に襲いかかろうとする鷹《たか》の目。パーシファはあとずさり、生まれてはじめて、ほんとうの恐怖を味わう。

「きみの後見人は、きみがぼくの妻になることを望んでおられた。ストーンヒル邸を訪ねた日に、ふたりでそのことを話しあったんだよ。マーカスは自分の健康がいまにもくずおれそうなことを知っていたから、何よりもきみの将来を心配していた。疑っているのかい、セニョリータ?　きみはマーカスのことを誰よりもよく知っているはずだ。マーカスがきみに資産家の夫を見つけるつもりでいたことも知ってるだろう?　ぼくがほんとうのことを話していると、きみにはわかっているはずだぞ。もしマーカスが生きていたら、ぼくがきみを妻に求めたことを喜んでいると、マーカス自身がきみに話したはずだということも」

「でも、あなたはわたくしのことを何もご存じないのに……わたくしを愛してもいらっしゃらないのに」

パーシファはシートの片隅に追いつめられて、かすれた声で言う。泣きだしたい。引っかいてでも自由になりたい。それなのに、この外国人のふしぎな力に圧倒されて、身動きひとつできなかった。ドン・ディアブロはゆっくりと宣告した。

「メキシコではね、セニョリータ、知りあうことも愛しあうことも、結婚したあとからはじまるんだよ」

2

夢のような風景なのに、パーシファァには、目覚めることができない悪夢としか思えなかった。

ほとんど何ひとつ知らない相手と結婚してしまったという思いが胸をふさぐ。ストーンヒル邸に近い聖アン教会での結婚式の記憶さえおぼろだった。キャンドルとばら。司祭の胸にきらめく銀の十字架。意味もわからぬラテン語の誓い。純金の指輪がふたつ——ひとつは自分に、ひとつはドン・ディアブロに。そして、あわただしい車の旅。驟雨《しゅうう》にけぶる空港の明かり……けれども、ここメキシコでは、太陽はぎらぎらと輝いて館の高い塀に映え、壁にはう真紅の花房をくっきりときわだたせる。

愛のとりで——もし夫のドンを愛しているなら、そう思えたはずなのに。パーシファァには、峡谷の上の岩山にそびえる館は、牢獄《ろうごく》にひとしかった。華麗な花々と緑のしだと滝に囲まれた牢獄。

アシエンダ・ルイ——王宮。領内に住む数百の領民は、館をそう呼ぶ。まるで中世の領主にさらわれてきたような感じだった。マーカスの最後の賭《か》けに巻きこまれてしまったみたい……。

「なぜ、王宮と呼ぶんですの？」

「先祖のひとりにアステカの女神官がいてね、館はその神殿の上に建てられたのさ。眼下の峡谷では一千ものアステカの民がスペインの征服者《コンキスタドレス》たちに殺された。そのあげく、スペインの貴族のひとりが、女神官と結婚を強いたのさ。結婚してちょうど一年たった日に、女神官は赤ん坊を連れて峡谷のふちから身を投げようとした。最後の瞬間に気が変わって、女神官は子どもをしだの茂みに残して死んだ。女神官にとっては、自分の産んだ子どもではあっても、その赤ん坊はスペイン人の子だったんだね。夫が赤ん坊を見つけ、その子からぼくの家系がはじまったわけさ、最愛の人《ケリディスマ》」

夫がスペイン語でそう呼ぶたびに、パーシファのなかに冷たいものが走る。イギリスではまだよそよそしさがあった。夫の服装にも、人々に対する態度にも。

でも、メキシコに着いてから、夫は別の一面を見せはじめた――ぴっちり合ったズボン、フリルのついたシャツ、つば広の帽子。夫の性格は複雑で、気分しだいでどんなにでも変わるような気がする。

心のなかで、パーシファは夫を、ひそかにこう呼ぶようになっていた――ドン・デヴィル、悪魔の殿さま、と。いつのまにきたのだろう、夫がすぐそばに立っている。

パーシファはテラスの手すりに寄りかかって峡谷に見入っていた。谷間は一面に緑と赤で埋まっている。夫から女神官の話を聞いてからというもの、この風景はパーシファを惹《ひ》きつけて離さなかった。

「食事ができたぞ。冷めてしまったらこの地方一のコックが、ぼくに対して腹を立てる」

「そんなこと気にしてらっしゃるの？　あなたはこの世の何ごとにもびくともしないかたみたいに思えますけど」

「するときみは、ぼくを鉄のように硬いと思っているんだな。それで、ぼくがそばにくると、びくびくするんだな、きみの柔らかな体が、ぼくの体とぶつかって傷つくんじゃないかと心配して。イギリスでもきみは美しいと思ったが、この国では、いっそう類《たぐい》まれに見える。きみの髪は白金のようだ。残酷な征服者たちが、白金を求めて、どんなに多くのメキシコ人を地の底に追いやったことか」

「冥府《めいふ》の王プルートーンの宮殿ね。あなたにも征服者《コンキスタドーレ》の血が流れていることを、お忘れじゃなくて、ドン・ディアブロ？」

「うん。その血がいつ表に出てこないともかぎらないぞ、きみがいつまでも、ぼくを夫としてではなく他人扱いしていると。さあ、おまえ《ミ・ムヘール》、食卓につこう。料理もメキシコのものだ。この館やぼくの心と同じにね。きたまえ！」

真昼の日差しはあまりにも厳しく、ライムの巨木の木陰だけがわずかに涼しい。そこにテーブルが用意してあった。バスケットのなかに、異国ふうのさまざまな果物と、もちろんワインが入っている。

夫が椅子を引いてくれる。パーシファァは夫の背の高さと肌の黒さをあらためて強烈に意識してしまう。マーカスも日焼けしていたけれど、こんなに黒くはなかったし、かなり背が高かったけれど、こんなにそびえたつような感じではなかった。

結婚式がすむとすぐ旅に出たので、これが〝家〟でのはじめての食事だとパーシファァは思う。そして、今日、ほんとうの意味でふたりだけの生活がはじまることに気づく。

亡くなったあとまでも従順に、わたしはマーカスが選んだ男性と結婚してしまった……悲しみと絶望のあまり茫然《ぼうぜん》としたまま、祭壇の前にぬかずいてしまったんだわ！

「乾杯しよう」夫がワイングラスをさしあげて言う。

「いっしょにグラスを干したまえ。ほんとうの意味で、これが最初のふたりだけの食事になるんだから」

「あのう……きっと気がついてらっしゃると思うんですけど、わたくし、恐ろしい失敗を犯してしまいました。あなたと結婚するなんて……マーカスのことで頭がどうかなってたんですわ。でも、いまになると……」

「いまとなっては、後悔しても手遅れだな。きみはぼくの妻で、ぼくはきみの夫だ」

「でも、言葉の上だけですわ！　わたくしたちのような結婚は無効にできるはずです。だって、わたくしたち、まだ……完全に結ばれたわけでは……」

「しかし、まもなくそうなる。きみもグラスをあげたまえ。ぼくらがたがいに誓いで結ばれるためだ。だって、ぼくには、きみを去らせるつもりはさらさらないんだからね、いとしい人《ダーリン》。ぼくらはカトリック教会で結婚した。きみの両手にはぼくの指輪がある。結合を示す金の指輪と、エスレルド・ルイ家のルビーの指輪だ。血塗られた歴史を持つルビーなんだぞ」

「わたくしを脅かしてらっしゃるの？」

「ぼくは喜んで罰を与えるぞ、もしきみが、ぼくから逃げだそうとしたりしたら。でも、あらかじめ、あまり遠くへは逃げられないと警告しておこう。ぼくの領地の境界は、はてしなく広い。しかも、住んでいるのはぼくの領民ばかりだ。ぼくらはもうイギリスにいるわけじゃないんだぞ、おちびさん《チーカ》。この土地ではぼくが文字どおり主《あるじ》なんだ。何千キロもかなたのものもぼくのものである以上、ぼくが目の前に見ているものがどれほどぼくのものか、考えてもみたまえ」

「あなたって、ほんとうに残酷なかた」

　パーシファは目を伏せ、グラスを手にとる。女性の本能のささやきに従って。相手の男のまとっている鎧《よろい》の弱点を見つけないかぎり、争っても勝てる見込みはまったくないわ。それなのに、いまはまだ、この人のことをほとんど知らないのよ。

「心のなかで、どんな乾杯の言葉を考えてらっしゃるの？　わたくしがあなたを敬い、あなたに従うって誓いの言葉のくりかえしかしら？」

「きみがぼくを敬い、ぼくに従うようにさせられるって、ぼくにははっきりわかっているからね、パーシファァ」

「まあ、それじゃ、わたくしに愛の誓いをお求めになる必要もないわけね」パーシファァはぐいっと顔をあげ、相手の目を見つめる。「わたくしから何を手にお入れになろうとも、ひとつだけ、むりなものがありますわ――わたくしの愛です、ドン・ディアブロ」

「よくぞ言ったな、いとしい人」目もとに嘲笑《ちょうしょう》がにじみ、ドンはグラスをあげる。赤いワインが一条の光にきらめいた。

「きみがいつも、いまのように勇敢であるように。いつも美しく、いつも怒りにきらめいているように。ぼくは自分の巣におとなしい鳩を飼う趣味はないんでね。きみに乾杯しよう。エスポーサ・ミア・テ・キエロ！」

わが妻よ、きみがほしい！　心臓がびくんと震える。パーシファァは挑むようにグラスをあげた。

「あなたに乾杯します、エスポーソ・ミオ――わたくしがあなたを求めるようになる前に、死ねますように！」

「どうも《グラシアス》！」

ドン・ディアブロの皮肉な表情は、パーシファァの言葉などにびくともしはしなかった。グラスを置くと、何ごともなかったように料理をすすめる。

「すくなくとも、この料理はすばらしいぞ。それに、この館もだ。あとでひとまわり案内しよう。きみの目で判断したまえ。たとえきみが、ぼくに感心できないとしても、館はすばらしいとわかるはずだ。百年前に建てられて、それ以来、つねにより美しい館にしようと手が加えられてきたのだから」

軟らかで肉汁をたっぷり含んだ肉。スパイスのきいたソース。小さなポテトと小さなコーン。この何日か、ショックのあまりちゃんと食事をとっていなかったので、たしかに空腹でもあった。

それ以上に、いまや自分の置かれた状況にはっきり目覚めてみると、自分の若さと体力をとり戻さなければと思う。でなければ、この磁力を備えているような相手と戦うことさえできないだろう。

傲慢《ごうまん》な夫の横顔越しに、花で埋まったアーチからのぞくムーアふうの庭園を見る。緑の大理石の泉から、水が小さな滝となって、つぎつぎに下の池に落ちていく。水と太陽の魔術で、そこにはいつまでも消えない虹《にじ》があった。

どこに顔を向けても、目に入るのは美しいものばかり。が、夫だけが、マーカスのように親しい仲間であるかわりに、恐ろしい敵だった。喉がきゅっとつまり、目が痛くなる。

涙をこぼさないように、パーシファは目をしばたたいた。

「太陽がきみの目には強すぎるのかな？ イギリスでは、これほど目もくらむような太陽は見たことがないだろう？ そこに住む人間の感情と同じに、穏やかだから。メキシコの太陽の下を歩くときは、いつも帽子をかぶることを忘れないようにするんだぞ。この土地の麦わら帽子を用意してやろう。つばが広いから、あれなら、きみの白い肌を守ってくれる」

「わたくしがビートみたいにまっ赤になって、干した玉ねぎみたいに皮がむけるのを恐れてらっしゃるの？ もしそうなら、日焼けするようにベストをつくしますけれど」

「日差しも日焼けも、きみにとっては快いものではないさ。子どもみたいなことを言うのはよしたまえ。もし一度でも、頭に何もかぶらないで外に出るようなまねをしたら、約束しよう、しばらくは忘れられないほど思い知らせてやるからな。きみはまだ、お尻をぶたれたことがあるとは思えないが、もし帽子を忘れて散歩か乗馬に出かけてみろ。きみをぼくのひざに寝かせて、きみの白い肌がまっ赤になるまで、この手でたたいてやるから。ぼくは、やると言ったらかならずやる。子どもっぽいまねをしたら、子どもに与える罰を与えるぞ」

そのとき、男の使用人がドンに歩み寄って、何ごとか小声で言う。パーシファは南スペインに旅行したとき、なまかじりのスペイン語を覚えたのだけれど、方言でもあるのか、ひとこともわからなかった。

ドンが立ちあがり、しばらく失礼すると言って去る。スペインで見た闘牛のことを思いうかべていたパーシファは、ぎょっとする。大またに、しなやかに歩く夫は、闘牛士そっくりだった。この人なら、恐れもためらいも悔いもなく、牛に深々と剣を刺し、砂地を血に染めるだろう。

そのすぐあと、デザートが運ばれてくる。パイナップルとパパイヤやオレンジに、濃いミルクのつぼがそえてあった。宙吊りになった平和な時間。泉の水音。華やかな彩りの鳥たちの声……。

パーシファは体をこわばらせる。見ないでも、夫が戻ってきたことがわかった。夫は黙って椅子に座り、使用人からコーヒーのカップを受けとる。ふいに胸騒ぎがする。夫は誰かをひどい目に遭わせてきたに違いない。

目が合ったとたんに、ドンはパーシファの心を読みとってしまったらしい。あまりのことに、パーシファは息をのんだ。

「そのとおり、領地から人ひとり、たたきだすといういやな義務をはたしてきたところだ。馬丁なんだが、ぼくの馬の一頭の扱いを誤って、馬の口を傷つけてしまった。きみを置いて出て行ったのは、その馬が馬丁を馬小屋の片隅に追いつめたと知らされたからさ。ほうっておいたら蹴《け》り殺されていただろう。ひどい目に遭わされた馬は、虎のように危険な動物に変わってしまうものなんだ」

「まあ……それで、スペインでは、牛に馬を角で突かせるのかしら？　ひどい目に遭わされた馬は危険な動物に変わって、血に飢えたお客を喜ばせてくれるのね？」

ドンはちらとパーシファを見ただけで、ゆっくりコーヒーを飲む。クリームも砂糖も入れなかった。パーシファは自分のコーヒーにたっぷりクリームを入れ、ひと口飲んで、はじめて夫のシャツの肩が長く裂けていることに気づく。すると、馬丁を救うために怒り狂った馬を引きだしたのは、ドン自身だったんだわ。

「闘牛を見たことはあるんだね？」

「ええ。でも嫌いです。あんなにひどい苦しみを喜ぶ観客もいや。スペインのような国からきたんですもの、征服者たちがいやらしいくらい残酷だったのもなんのふしぎもないと思ったわ。自分を守るすべもないインディアンを虐殺することも、きっと楽しい気晴らしだったのね」

「インディアンはけっしてそんなに無防備ではなかったぞ。相当に手のこんだ拷問だってやってのけたんだから。お気に入りの方法のひとつは、スペイン軍の捕虜に煮えたぎった油を飲ませることだった。ときには溶かした金を使ったこともあったらしい。残虐性ってものは、ほとんどの国の人間の心の奥底にも眠っているものさ」

「イギリス人には、とてもラテン系ほど極端な残虐性があるとは思えませんけど。あなた自身、イギリス人は穏やかだって……」

「愛情について、ぼくは言ったつもりだが……」

ドンは椅子の背にもたれ、細巻きの葉巻にマッチで火をつけると、強い香りの煙を吐きだす。

「それじゃきみは、ぼくにきみを与えたことで、きみの後見人が残酷だと思ったことは一度もないと言えるのかい？　感情的な価値より物質的な価値に重きを置いて、愛情あふれる夫より金持の夫を選んだことで、きみは当惑したはずだぞ。だって、ぼくと結婚したのもマーカスのためだってきみは言ったろう？　マーカスの最後の希望だったからって」

「ええ、わたくし、マーカスの望んだとおりにしただけですわ。でも、なぜだろうって考えてみました。わたくしの母をあまり愛しすぎたために、マーカスはほかの女性に心を開けなくなったことを、残念に思っていたんじゃないかって。もしそうなら、わたくしが愛を感じないほうが、愛を知らないほうがいいって考えたのかもしれません。愛を見つけ、そして失う苦しみに耐えたりする必要もないからって……マーカスらしい考えかたですわ。でも、けっして、わたくしに対して残酷だったわけじゃないんです」

「あるいは、そうかもしれないな」ドンは肩をすくめ、きらめく青空を見ながら言った。

「マーカスはメキシコのことを知りたがった。そこでぼくは、自分が知りつくし、心から愛しているこの土地のことを話した。どうやらきみは、ぼくがそんな感情を持てるかどうかさえ疑っているらしいがね」

「あら、あなたについて、ご自分の持ちものを愛する能力を疑ったことなどございませんけれど。この館に馬、広い広い豊かな土地。あなたは中世に先祖がえりしたかたよ。ほしいものは、どうしても手に入れなきゃ気がすまなくて、相手の女性の気持なんか考えてみようともなさらないんですもの」

「するとぼくは、土地や建物や、生きのいい馬なら愛せるが、きみの後見人のように、ひとりの女を死ぬ日まで愛せるかどうかは信用できない——そう言いたいのか?」

「率直に申しあげて、信用できませんわ」

パーシファは手にとまったてんとう虫にそっと息を吹きかける。てんとう虫は小さな羽を広げて飛び去った。パーシファはため息をつく。羽さえあれば、ここから逃げだせるのに。

「馬丁はどうなりましたの? むちで打ったの? ええ、顔に書いてあるわ……マーカスも一度、わたくしを手込めにしようとした若者をむちで打ちすえたことがあったけど、だから、そこだけは、マーカスと共通性があるわけね」

「その若者の話をしてくれないか。彼が気に入ったのか? きみが誘いのすきを見せたのか?」

「いいえ! それに尋問口調はいやよ。わたくしがちゃんとした娘じゃないと思ったら、ほうりだすおつもり？　スペイン系の男は花嫁が無垢《むく》であることに異常な価値をおくって聞いたことがあるけれど、わたくしが新品じゃなくて手垢《てあか》にまみれていたら、とんだお笑い草になりますわね」

「きみが男を知っていたら、ぼくにもわかったさ」

「あなたって、一度も間違ったことはないんですの？　何についてもそうだと言えて？　わたくしの笑顔や、わたくしの体を求めた男性は、あなたひとりだとでも思ってらっしゃるの？　わたくしが十五になったとき、マーカスは男性とはどんなものか教えてくれましたの。若い女性が美しければ、何を望むかってことも。男性は魅力的な女性に知性を求めたりはしない。ただ、従順と意志の弱さを求めるだけだって。お休みのたびに、わたくしたち、寄宿学校からヨーロッパへの旅に出ました。マーカスが教えてくれたのは、いい絵や美術作品や音楽や古い建物への愛情です。そして、ものを考える習慣です。ですから、若い男性がわたくしをふり向いて愛をささやくとき、いつも、相手がほんとうに望んでいるのは、わたくしに馴れ馴れしくして、わたくしがおとしめられた思いをすることだとわかりました。だから、無垢な体が、あなたのお求めになるすべてなら、安心してください、ドン・ディアブロ。わたくしの心はマーカスといっしょに土のなかです。わたくしの愛は、すべてマーカスにあげてしまいました。あなたはただ、わたくしのぬけ殻だけをおとりになったんです。大理石の像と同じで、ほとんど感情なんかありません。傷もないかわり、冷たくて、心もありません。石像は抱けても、女を手に入れることはできないんです」

「するときみは、ぼくの力ではとうていきみを女らしい気持にさせることなどできないと思っているんだな？　きみはまだ二十歳《はたち》で、まったく世のなかを知らない。それなのにぼくは、きみが生まれたときにはもう、ちゃんとした一人前の男だったんだぞ。きみは挑戦したことになるな、おちびさん。そしてぼくは、挑戦されて尻ごみしたことのない男だ。大理石像に生命を吹きこむことができるかどうか、じっさい、楽しみだよ」

「そして、もし失敗なさったら？　わたくしを出て行かせてくださいます？」

「ぼくはね、自分のものを手放したことはないんだよ、いとしい人」

「一生をあなたとすごすしかないのなら、わたくし、異国の病気にかかって死んだほうがましですわ！」

長い沈黙がそれに続く。それを破ったのは、ドンが両手でテーブルをたたいた音だった。食器がかたかたと鳴り、パーシファの神経がぴりぴりと震える。

「二度とそんなことを言うんじゃない。わかったね！　ここはメキシコだ。もの陰には古い神々がひそんでいて、ぼくらの言葉に耳をすましているんだぞ。この館に昔からいるカルメンテイラにきいてみろ――古い神々は正しい望みより罪深い望みのほうを、すぐ聞き届けるものなんだ。ばかなやつ！　人が聞いたら、きみは悪魔《デヴィル》と結婚したとでも思うだろう！」

「でも、そうなんですもの。あなたのなかには天使はいないわ――黒い悪魔ばかり!」

こんどこそ、パーシファァはドンを傷つけたようだ。花嫁から聞く言葉として忍耐の限度をこえ、ドンは罰を加えようとしている。

ドンは立ちあがり、テーブルをまわって、長い手でパーシファァをつかまえる。情け容赦もなく力づくで立ちあがらせ、むずとたくましい胸に抱きすくめる。

痛みと恐れに震えながら、パーシファァは抵抗する。思いきってドンの向こうずねを蹴とばす。けれどもドンは、怒り以外の何も感じないみたいに、髪をつかんで顔をのけぞらせ、悲鳴をあげさせる。

唇が唇に重なる。両腕に力がこもり、パーシファァの体は折れてしまいそうだった。それでもキスからのがれようとして、パーシファァは体を弓なりにそらす。

もう、自分を守ってくれるマーカスはいない。相手は若者ではなく、大人の男だった。しかも、自分を抱く権利さえ持っている男だった。パーシファァは長いキスに息がつまりそうになる。

いつのまにか館のなかに連れこまれようとしていた。パーシファァは怒りのあまり男の肩にかみつく。血が白いシャツににじんだ。相手を傷つけた喜びと、仕返しへの恐れが、いっしょにパーシファァを襲う。

「何をなさるの!」けんめいにもがいても、相手はびくともしない。「どこへ連れて行くの？」

ちらとパーシファの目を見て、男は鋳鉄の階段をのぼる。二段ずつひとまたぎに。相手のぎらつく目の光に、パーシファは悲鳴をあげそうになる。額に乱れた黒髪がかかっていた。

「知らないほど子どもじゃあるまい？」

口もとがぴくぴく震えている。茫然としたパーシファを抱いたまま、ドンは回廊を横ぎり、パーシファの寝室へと向かう――昨日の夜はひとりで寝たのだけれど、いまは違うと本能的にわかった。

ドアが開き、レースのベッドカヴァをかけた大きな寝台の上にどすんと落とされる。ドンはドアのところに戻って、ひどくゆっくり鍵をかける。

パーシファは額にかかる髪を払い、目をいっぱいに見開いてドンを見守る。体が麻痺《まひ》してしまったように動かなかった。ドンがやってきて、ぱっとシャツをぬぎすてる。自分のつけた歯型が、肩にくっきり残っていた。

ドンはベッドの前に立ちはだかり、パーシファを見すえる。男そのものの体に怒りが満ちてくるのがわかった。ドンが手を伸ばす……とたんにパーシファは暴れはじめる。

「おやおや」ドンはにやっと笑う。

「花嫁はこんなふうに花婿を迎えるものじゃないぞ」

「悪魔に食われればいいんだわ」

パーシファは顔をそむける。ドンは首筋にキスする。結婚は、言葉でも一対の指輪でも祈祷書でもなくて、このことなんだわ！　パーシファはぐいっと顔を引き戻されて目をつぶった。耳もとであざわらうようにドン・ディアブロが言う。

「おやおや、悪魔はぼくじゃなかったのか？」

3

何時間たっただろうか。パーシファァは自分の寝室でわれに返った。すっかり暗くなっていた。

シルクのシーツにくるまってじっとしていると、記憶が戻ってくる。ふいに涙がこみあげてきて、パーシファァは絹の枕に顔をうずめた。

枕はたばこのにおいがする。パーシファァはまるでむちで打ちすえられたように体をこわばらせる。男性のにおい。全身が赤くなり、ゆっくりと冷めていく。心にも体にも痛みがあった。

何ひとつ、ドンに対しては役に立たなかった。嘆願してみても、爪を立ててみても。ドンは容赦なく誓いの言葉を実行し、いままでパーシファァが住んでいた世界を消し去ってしまった。

殺してやりたい。短刀さえあれば、ドンを刺せたのに。そうしていれば、いま、こんなに震えたりしなくてすんだのに。見知らぬ土地。見知らぬ人々。慰めを求める人さえひとりもいなかった。

　自分を哀れんでみてもなんの役にも立ちはしない。パーシファァはベッドに上体をおこし、ひざを抱いてじっとやみを見つめる。ぶるっと震え、傷ついた若い獣のように歯ぎしりする。

「あなたを憎むわ！　あなたの黒い目も黒い心も、心から憎んでやる！」

　パーシファァは声に出して言い、ナイト・テーブルの上のスタンドをつける。ドンの頭が枕につくったくぼみ。ここにドンが寝て、自分を抱いていたことを思いだすことさえ、耐えがたい。

ああ、別のことを考えなくちゃ！　パーシファァは寝室を見まわす。美しい曲線の衣装戸棚と化粧机。野生のラマの敷きもの。黒檀《こくたん》の鏡板仕立ての壁。紗《しゃ》のカーテン。鏡の前のさまざまな化粧道具。官能的な部屋だった。いかにも女性の寝室らしい。男が堅苦しい自分の部屋からこの部屋に入ってくるたびに、官能をかきたてるようにつくられた部屋――黄金の鳥かご、情欲の牢獄《ろうごく》だった。

　敷きものの上に自分の引き裂かれたシャツが、裏返しになったズボンが、ランジェリーが、散乱している。おきあがって服を着ようとする自分と、誰とも顔を合わせたくない自分とが争う。

　いやよ！　いや、耐えられないわ！　あの人と顔を合わせるくらいなら、死んでしまいたい……わたしを奪った男……自分で夫だという、あの人間らしさのかけらもない悪魔《デヴィル》。

耳もとにささやかれたあの言葉がよみがえる――これでぼくはきみの夫になったぞ、いとしい人《ケリーダ》。これできみは、ぼくの妻だ。

パーシファの震えがまだおさまらないうちに、ノックもなくドアが開く。思わず体が硬くなり、やがて、すこしほっとする。年老いた使用人のカルメンテイラだった。何か飲みものをのせたトレイを手に持っている。

「それじゃ誇り高い奥さんも最初のレッスンを受けなさっただね？　パッション・フルーツのジュースですよ、セニョーラ。甘うて冷たい――そういうのがお好きな殿方もおいでだが」

喉がからからだったので、パーシファはグラスを受けとる。が、この館に長く住んでいて、皆から魔女と恐れられている老婆の無作法を許す気はなかった。

「飲みものをありがとう。ほかには何もいらないから、さがって、いいわ」

「お世話をしにあがっただよ、セニョーラ。ちゃんとなさったら、出て行きます」カルメンテイラはフロアからシャツとズボンをひろいあげる。「シャツはもうだめだね、花の色だったのに。でも女はズボンなんかはかないものですよ、ほんとうの男の家ではね。ドン・ディアブロがどこからどこまで男だってことは、もうわかんなさったはずでしょう？」

またもや、あの何もかも心得ているといったくすくす笑い。あざけるような目。カルメンテイラはベッドに歩み寄り、しわだらけの手でパーシファの腕にさわる。白い柔らかな肌には、くっきりドンの指のあとが、青あざになって残っていた。

「なんで、あんたのように若くて白い肌の女をほしがんなさるのか、ふしぎに思うとったが……なるほどね、わたしにもわかりましたよ」

「そう？　傷つけたり苦しめたりするためだと思うけど……だって、わたしを愛していないことはたしかなんだもの」

「愛ですって？」老婆はばかにしたような目でパーシファを見つめる。「愛ってなんです？　子猫にだって、草花にだって、本にだって感じられるでしょうが？　男と女のあいだじゃ情熱でなくちゃ……戦いでなくちゃ……勝つか負けるかでなくちゃ！　あんたは処女だったのね、でなきゃ、あのかたが結婚するはずないもの。フルーツ・ジュースはおいしかったでしょ？　愛を受けた女がほしがるものは三つ——冷たい飲みものと、シャワーと、顔を隠すヴェールだもの。そうでしょ、セニョーラ？　わたしだって青春の炎のことを忘れてしまうほど年寄りじゃないだよ」

「そのことはもう話したくありません」

パーシファは空のグラスをトレイに置く。顔に屈辱が刻みこまれていた。この老婆がここでおきたことを知ったからには、館じゅうの者に知れ渡るにちがいない。

「何を待ってるの？　ドンの国では館の門にシーツをかける習慣が残ってるのかしら？　皆にちゃんとした花嫁を迎えたことを見せるために」

カルメンテイラはパーシファァを見つめる。はじめて表情がわずかに動き、同情がうかびあがった。

「イギリス人はこういう話が好きじゃないだね？　わたしみたいな年寄りが寝室に入ってきても、はずかしいかね？　安心なさい、セニョーラ。興奮しないでいいの。ドン・ディアブロがわたしをここによこしなさったのは、わたしがお母さまの小間使いだったからなんですよ。わたしは亡くなるその日まで、浅黒いマドンナのお世話をしてきました。こんどは坊ちゃんの金色のマドンナのお世話をします……」

「けっこうよ。わたし、自分のことは自分でやります。あなたの助けはいりません……ドンに言ってちょうだい！　ドンも、おまえも、このいやな家の誰にもきてほしくないって。ドンに言ってちょうだい！　わたしが憎んでるって。ドンの誇りも傲慢《ごうまん》さも残酷さも大嫌いだって。白目をむいて地面に転がって冷たくなってるところを見たいと思ってるって！」

カルメンテイラはよろよろとあとずさり、十字を切った。

「人妻がそんな口をきいてはいけません。悪い神さまが聞きつけたら……」

「わたしに関するかぎり、悪魔はドン自身なの……さあ、出て行って、わたしをひとりにしてちょうだい！　紅茶の葉の占いでもまじないでもして、わたしをのろえばいいわ。わたし、ドンから逃げだしたいの。生死なんか問題じゃないわ！」

「そんなこと言っちゃいけません、セニョーラ。メキシコじゅうの女が、ドン・ディアブロの花嫁になりたいと願っていたんですよ。豪華な領主《エル・マグニフィコ》と呼ばれるかたですだ。領地も権力もあって、そのうえ、十二人の女を喜ばせる力だって持ってなさる。それをひとりじめできるだから、名誉だと……」

「名誉ですって？　侮辱され、堕落させられたと思ってます。わたしに愛情のあるそぶりさえ見せなかったわ。わたしがかきたてたのは、ドンの獣の欲望だけ——メキシコの女性はそんなことを誇りに思うの？　ただ、所有物のように、主人の……」

あとが続けられない。愛されるのではなく、ただ使用されるだけなんて、地獄そのものだった。パーシファは老婆から顔をそむけ、長い髪に額を隠す。小さなうめき声にかぶさってくるドンの唇を避けることさえできなかった、地獄の記憶がよみがえる。

「出て行って。ひとりにしてちょうだい」

「ばかなことはしませんね、セニョーラ？」

「ばかなことって？　これ以上にばかなことができると思う？　わたし、ドン・デヴィルと結婚したのよ！」

「その窓の向こうにバルコニーがあってな。この館の女はいろんな意味で賢いとは言えんでな。中庭《パティオ》のタイルは愛のないベッドより女の肌には堅いのに。あんたの白い体がつぶれるのは悲しいことでな。ドンがあんたを傷つけたというても、ほんのちょっとのことだから……」

「心配いりません。ドンの死を見るまでは、そんなことしないから」

「それじゃ、わたしは出て行きます」老婆は外国人の若い女の機嫌をとるのに疲れたみたいに言った。「お風呂と夕食の着替えにメイドをよこしたら、すこしは機嫌を直してくださるかな?」

「わたし、だいじょうぶです。いつも自分のことは自分でしてきたから。おまえの主人に言ってちょうだい。わたしはこの部屋を出たくないからって」

「わかりました、セニョーラ。そのことは言います。でももうひとつのほうは——白目をむいて地面に転がってるところを見たいだなんて、あんまりおかわいそうだから」

「あの人がかわいそう? わたしなら、そうは思わないわね!」

ひと呼吸おいて、老婆が部屋を出てドアを閉める音が聞こえた。ほっとして、シーツを体に巻いて浴室に向かう。熱いお湯をひねり、シーツをとって、浴室の壁の一面全部に張ってある鏡を見つめる。

外側は、どこも変わったようには見えない。髪が乱れ、夫の指の跡が残り、目のまわりに隈《くま》ができているだけのこと。変わったのは内側だった。残酷に、娘時代は奪い去られてしまった。

心臓がびくんとはねる。赤ん坊ができたかもしれない——ドンの赤ん坊が、悪魔の子どもが、愛のかわりに恐怖から生まれた子どもが……。

パーシファは浴槽に体を沈める。柔らかな緑のソープを半分ほどお湯にあけ、泡にうずまって、力いっぱいヘチマで体をこする。ドンのにおいを洗い流すように、ドンが体に刻みつけた跡も洗い落とせたら……もう一度、娘に戻ってこのお風呂から出られさえしたら！

風呂からあがって体をふく。いつになったら、この屈辱を忘れられるかしら？　乱れたベッド。いいえ、けっして忘れる日はこないわ！　ドンはわたしを奪い、これからも奪い続けるんだわ。

パーシファは思わず両手で顔をおおう。衣装戸棚に歩み寄り、機械的にドレスを眺める。結婚式の前日、ドンはロンドンの高級店にパーシファを連れて行って、嫁入り衣装を買い整えてくれた。高価なドレスやコートや靴、それにこまごまとしたアクセサリィまでも。

でも、部屋で食事をするつもりだから、ドレス・アップの必要はなかった。ストーンヒル邸から持ってきたシンプルなドレスを着ることにする。背中のジッパーをしめようとしていると、ノックもなくドアが開いた。

「ジッパーをしめてちょうだい」

カルメンテイラがメイドをよこしたのだろうと思って声をかける。けれども、パーシファの体に手をかけ、ジッパーをあげたのは男の手だった。

「この館でいっしょにすごす最初の夜なんだから、もうすこし華やかなものを着たまえ。ぼくが買ったドレスのどれかにしろ。ほかの男の思い出などまつわりついていないドレスだ」

「わたし、この部屋にいたいんです。カルメンテイラに、あなたに伝えるように言っておいたんですけれど……」

「そのことは聞いたが、きみの希望とぼくの意思とは、まったく別のことなんでね」

ドンはぐるっとパーシファの体をまわして、自分のほうに向き直らせる。白のディナー・ジャケットに白のフリルのついたシャツ。ボタンもカフスもひすいだった。まるで結婚の祝宴にのぞむようないでたちだ。

「わたし、華やかな夕食をあなたとともにするような気分じゃないんです。早くひとりにしてちょうだい」

「まるで子どもがむずかってるみたいなことを言うんじゃない。子どもっぽさを直して、すこしは大人の女らしくふるまうように、ちゃんと教えたつもりだったが……」

ドンはパーシファのあごをつかんで、むりやり仰向ける。

「もうなんともないいんだろ？　いい加減にわかったらどうだ、パーシファ、ぼくは何も、きみの後見人になるために結婚したんじゃないんだぞ」

「あなたが結婚なさった理由ならよくわかってます。優しくしようという気持さえないことも——あなたは自分の買ったものを利用なさっただけですわ。でも、すくなくとも、マーカスがわたしをちゃんと守ってきたことだけはおわかりでしょ？」

「わかったよ……どうして男があんなふうになるか理解できないほど、きみは子どもなのか？」

「どうしてあなたがあんなふうになったかなら理解してますわ。あなたは傲慢で自分勝手で、いままで一度も人に抵抗されたことがないから……ただの二十歳《はたち》の女があなたと争ったら、奇跡でもおきないかぎり勝てませんもの。はじめていやがる女を抱いてお楽しみになれたのならようございますけれど。カルメンテイラから聞きましたけど、このあたりの女は、わたし以外は皆、あなたを豪華な領主さまと思ってるとか」

「じゃ、きみにとってはなんなんだい？」

「わたしにとっては、ただの持ち主。腕力で、自分のほうが偉いってことを見せつけるだけの男よ。あなた、ご自分の魅力に自信がないの？　だから、腕づくで従わせたの、ドン・ディアブロ？」

「気をつけることだな、パーシファァ。夕食への食欲よりきみへの欲望のほうが大きいと、ぼくが思いこんだらどうする？　きみはとり澄ましているときより怒っているときのほうが愛らしい。そしてぼくは、きみになんと思われようと、雪のひとひらほどにも感じやしないんだから」

そう言い放つと、ドンはパーシファのドレスの襟をつかみ、恐ろしい力でやすやすと引き裂いてしまった。

「あなたって……けだものよ！」

冷ややかにとり澄ましていようという決心も忘れて、パーシファはドンの頬を打とうとする。ドンはすばやくその手を避けて、逆に手首を容赦なくしめあげた。

「戦いたいのなら、受けて立つぞ、パーシファ。結果がどうなるかわかっているだろう？ むしろ、それが望みなのかな？」

「そんなことを望むくらいなら……死を望みます。わたし、あなたを憎みます。あなたと暮らすのは、悪魔といっしょに地獄で暮らすのと同じだわ！」

「もしそうなら、きみはけっして、人生に退屈しないですむわけだ」ドンはパーシファを衣装戸棚の前まで押しやり、自分でミント・グリーンのレースのドレスを選ぶと、それを手渡す。「これを着たまえ。反対は許さん。さあ、自分で着るのか？ それとも、ぼくに手伝ってほしいのか？」

パーシファはドレスを引ったくると、急いで着替えにかかった。ドンはベッドの支柱にもたれて、着替えを見守っていた。唇が官能的にふくらんでいる。パーシファは赤くなった――さっきのことを思いだしているんだわ！

「わたし、こんな色嫌いよ。それに、とくにグリーンが似合うってわけじゃないし」

「似合うさ。グリーンはきみの白金のような髪の色をきわだたせるし、金色にきらめく瞳を引きたたせもする。フックをはめてやろうか？」

「いいえ、けっこう。自分でちゃんとできます」

　実際は、すてきなドレスだった。ただ、パーシファは魅力的になど見えたくなかった。ドンの買ったものなど何ひとつ好きになりたくない。化粧机に向かって腹立たしげに髪にブラシをかける。

「小さな金色の箱を開けて、なかのものを出してごらん」

　パーシファは聞こえないふりをする。が、好奇心は動いた。箱そのものがメキシコのアンティックで、すばらしい品だった。けれど、髪型をシニョンにまとめることに意識を集中する。つんとあごをあげて、自分自身の顔を挑むように見つめる。が、ドンが歩み寄ってくるのが見えると、神経がぴりぴり震えはじめる。ドンはパーシファのうしろにそびえ立った。

「箱を開けたまえ。なかに何が入っているか見たいはずだぞ。もしかして、きみの胸をかませる小さな毒蛇が入っているかもしれないだろう？」

「あなたにそんな思いやりがあるものですか。まだわたしを思うぞんぶんいじめてないもの」

「ばかだな」

ドン・ディアブロは両手をパーシファの腰にあてると、ぐいと引き寄せる。鏡のなかで、ふたりの姿がひとつになった。その手が、こんどは愛撫《あいぶ》するように肩にかかる。

「そんなにいやだったのか？」

ささやきの意味はもちろんわかって、全身がかっと熱くなる。このまま消えてしまいたかった。

「あなたはどう思ってるの？　体じゅうあざだらけよ。カルメンテイラにも見つかったわ。あなたがわたしにくれた勲章だとでも思ったみたいだったけど、わたしは暴力には慣れていないの。でも、歯を食いしばって、あなたの暴力に慣れるしかないんでしょうね」

「きみは大理石だと言ったのは、きみ自身だぞ。大理石ならあざはつかないはずだがね」

「じゃ、これはなんだと思って？」指の跡のついた腕をさしだす。「いれずみのほうが、まだましじゃないかしら？」

ドンはその腕をとり、あざの上にキスをする。

「きみには息を吹きかけることしかできないんだね、いとしい人。きみのように白くてきれいな肌を見るのははじめてだよ。反対に、ぼくがどんなに黒いか、見てみたまえ」

「インディアンみたいね。結婚する女をむりやり奪うのもインディアン流なの？　自分が主人だってことを証明するために、妻を敷きものみたいにゆすぶって踏みにじるのも、そうなの？」

　ドンは喉の奥で笑った。

「きみは敷きものにしちゃ、もろすぎるよ、おちびさん《チーカ》。それに、きみを踏んずけた覚えもないぞ」

「まあ、わたしの言ってる意味はよくわかってらっしゃるくせに。ごまかさないでいただきたいわ、セニョール」

「じゃ、箱を開けるのもごまかさないことだな」

「どうせアクセサリィでしょ？　奉仕の代償のおつもり？」

「おいおい、きみは何かをねだってるな。キスなのか、お尻をぶたれることなのか、ぼくにはわからないが……きみが選べよ」

「わたしなら、アクセサリィを選ぶわ」異国ふうの金細工の箱を手にとる。「アステカかしら？」

　ドンはうなずく。ドン自身がアステカの戦士のブロンズ像のようだった。ふたを開けて、はっと息をのむ。宝石だとはわかっていたけれど、これほどみごとなものだなんて！

　ダイヤモンドの羽、エメラルドの胴、純金の頭。宝石造りのとんぼは、明かりにきらめいて、まるで生きているみたい……パーシファはうっとり見とれていて、ドンの声にぎょっとなった。

「きれいだろう？」

「とってもきれい。宝石はみんな本物？」

「ぼくがきみに、まがいものを贈るとでも思うのかい？　館の下の峡谷で狩りをしている年寄りのインディアンがつくったものだ。このブローチを持ってきたとき、ぼくは宝石をどうして手に入れたか聞きもしなかった。どこかから掘りだしたか、それとも人を殺して手に入れたのか、どちらかだろうね。末娘の持参金をつくるために、ぼくに買ってくれという。前にきみが言ったとおり、ぼくは自分の目を楽しませてくれるものが好きだ。そして、いったん気に入ったとなれば、なんとしてでも手に入れる。きみのグリーンのドレスに、このとんぼはよく似合うよ。まるでジャングルから飛んできて、草にとまったみたいだもの。きみのハートの上につけたまえ」

なぜか手が震えてしまう。ドンはそれに気づいて、自分でブローチをつけてくれる。それから、その手をパーシファの頬に軽くすべらせながら、なぞめいた口調で言った。

「ぼくの腕のなかで美しかったきみへの、小さな記念のしるしさ。まあ、いやいやだったとしてもね。このとんぼのあらゆる部分が完璧《かんぺき》なように、きみも完璧だったよ。とんぼが飛ぶとき魔術的な瞬間がきらめくように、きみもぼくの血に魔術的な瞬間をくれる。ぼくはストーンヒルの邸で見た瞬間から、きみをほしいと思った。そして、いま手に入れている。そうだろう?」

「ええ、いまはね、ドン・ディアブロ」

「ぼくが求めるかぎり、いつまでもだ。さて、それじゃ階段《した》におりようか。領地の主立った者たちにきみを紹介したい。皆、うっとりするだろう。きみには美しさと威厳があるからね、パーシファ。もっともぼくにかみついたり、爪を立てたりしているときは別だが」

パーシファはドン・ディアブロ・エスレルド・ルイと並んで、大理石と鋳鉄の階段をおりる。階段の下の美しい大ホールはメキシコ人であふれ、文字どおり、中世と同じ情景だった。

ドンは、集まったメキシコ人すべての領主だった。雇い主であり、ゴッドファーザーだった。メキシコ人たちにとっては、ドンはすべてであり、パーシファにとっては、ドンは夫であり、同時に恐ろしい人であった。

4

館は孤独に高々とそびえ、パーシファァが親しんできた文明とはみごとに切り離されていた。だから、ある朝のこと、町に連れて行こうかとドンが言いだしたとき、パーシファァは目を丸くした。

「だって、町は、ずいぶん遠いんでしょう?」

「鷹《たか》が飛ぶように早い車なら、そんなに時間はかからない。きみも店を見てまわったり買いものをしたいんじゃないかと思ってね。キャンディ、レコード、化粧品、雑誌、本、香水……女心をくすぐるものはたいていそろっている」

「ずいぶん寛大ですのね、セニョール」

五週間いっしょに暮らしていながら、パーシファァはドンを、夫らしくファースト・ネームで呼ぶ気にならなかった。ドンは自分の持ち主だというだけのこと。ドンが奪うばかりで、パーシファァから与えたことは一度もなかった。

「きみを買いものに連れて行くかららか?」

ドンは黒い眉をぐいっとあげ、いかにも自分のものだと言わんばかりに、パーシファァの頭のてっぺんから足の爪先までじろじろ見つめる。明るい黄色のノースリーヴのドレス。胸にはあのとんぼのブローチがとめてあって、朝日にきらめいていた。

パーシファァがいつもとんぼのブローチをつけているのは、それが心のシンボルであるせいだ。逃亡の願い――ブローチを売れば逃亡の資金ができるという現実の可能性のせいだった。

「いずれにせよ、ぼくは商用で町まで出向かなければならない。だから、きみと同伴してもいいと思っただけさ。ぼくが弁護士に会っているあいだ、きみは店を見てまわるといい。きみを信用するんだから、姿を隠そうなんてばかな考えはおこすんじゃないぞ。あらかじめ警告しておくが、逃げだすことはまず不可能だ。誰もきみには車を貸さないし、もよりの鉄道の駅までには、丘をいくつもこえなければならない。遠出はごほうびだよ。何もかも拒まない女というのも、ひどく退屈なものだ。ところがきみは、ぼくが手を触れただけで若い雌ライオンのように身構える。ぼくの目をほじくりだしたいと言わんばかりだ。そうそう、いいことを思いついたぞ、おちび《チーカ》さん。町の近くに浜辺がある。いっしょに泳ぐのはどうだ？　お気に召すかな？」

冷たい青い波が体を洗うことを考えるだけで、パーシファァは子どものようにぶるっと震える。でも、とても信じられない。不当な罰を受けてきた子どもが、ちょっとした親切さえ信じられなくなるのと同じだった。

「本気でおっしゃってるの？」

「何もそんな目でぼくを見ることはあるまい。それじゃまるで、一時間の散歩を許可すると言われた囚人みたいじゃないか？」笑いがにじんでいた。「もちろん本気だとも。水着は持ってるんだろう？」

「持ってきてると思いますけど」

「それじゃ、とってきたまえ。ついでに、ぼくの水泳パンツもとってきてくれ。ぼくの部屋のたんすの一番下の引きだしに入っているから。それに、バス・タオルもだ。ぼくは前庭に車をだしておく」

自分の部屋に戻ると、パーシファは衣装戸棚からスーツケースを引っぱりだす。ドンが自分で買ったもの以外着ることは許さないと命令してから、まったく手つかずだった。

ふたを開け、見慣れた品物を見つめる。ストーンヒル時代の思い出がよみがえる。が、ふしぎなことに、もはや生き生きとしたものではなくて、灰色にくすんだ思い出だった。

シャツやドレスをそっと撫《な》でる。アルバムがあった。マーカスといっしょにヨーロッパを旅行したときとった写真がはってある。メキシコからはるかに遠い土地の、失われた夢の日々の記録……。

スーツケースの一番下に水着を見つけて引っぱりだす。暗い朱色のワンピース型の水着だった。マーカスは古風な優雅さが好きで、ビキニには反対だったので。

水着を体にあててみながら、きっとドンもビキニをいやがるにちがいないと思う。とたんに、ほんの申しわけに体を隠すだけの大胆なビキニを持っていないことが悔まれた。浜辺にはほかの男たちもいるはずで、その前にビキニを着て現れたら、ドンはどんなにショックを受けるかしれなかった。女性をほかの者には見せないで自分ひとりのものにしておきたいというスペイン人の血は、あのドンにももちろん流れているのだから。

いずれにしろ町に連れて行ってもらえるのだから、最大限に楽しもう。まだ見たことのない町だし、急がなくちゃ。傲慢《ごうまん》なドンのことだから、気を変えてひとりで行かないともかぎらないもの。

浴室から大きなタオルをとり、ちょっとためらったあと、ドンの寝室に入る。もちろん何度も入ったことはあるけれど、自分から進んで入るのははじめてだった。

いつもはドンに抱きあげられて、峡谷にのぞむ断崖《だんがい》を見おろす八角形の窓のところに置いてある、大きな寝椅子に運びこまれるだけだった。あの柔らかな毛皮の肌ざわり。あふれる月の光。

パーシファは寝椅子を見ないようにして、浮き彫りのあるたんすに歩み寄った。細巻きの葉巻のにおいと、いつもつけているコロンのにおいが漂っている。ベッドの上には黒いシルクの部屋着。その足もとには乗馬用のむちがあった。

ドンは朝早く、馬をひと責めしてから、サウナ風呂に入るのが日課だった。そして部屋着をはおり、髪を乱して、ごくくつろいだ格好でパーシファの寝室に入ってくる。朝食をいっしょにとるためだった。

一番下の引きだしを開け、水泳パンツを探す。がほかにも思いがけないものが見つかった。それは銀の写真立てに入った女性のカラー写真だった。黒い髪。ジェラニュウム色のシルクのガウン。絹の扇を開いて手に持っている。口もとにうかんだほほ笑みは、咲きたての赤いばらのように男心をそそる。温かみのある美貌《びぼう》。黒い瞳。しなやかな体。花のアーチの下で中庭《パティオ》の柱にもたれている姿は、いかにもスペイン女性そのものだった。全身から発散する女の魅力……。

パーシファはスペインの美女に見とれたまま立ちつくした。ドンが自分の衣類のなかに隠しておいた思い出の写真だった。いったい誰かしら？　よほど特別な人なんだわ。だって、ほかには女性の思い出の品なんてひとつも残っていないんだもの。

「セニョーラ、いったい何に見とれてるですだ？」

ぎょっとしてふりかえると、戸口にカルメンテイラが立っていた。まるで、いけないことをしているところを見つかった高校生のように、パーシファはごくんと唾《つば》をのんだ。

「セニョールに言われて水泳パンツをとりにきたのよ……このかた、誰だか知ってる、カルメンテイラ？　とても美しいかたね」

「セニョーラも知りたいかね？」カルメンテイラはゆっくりパーシファに歩み寄って、いっしょに写真の女性を見つめる。「象牙《ぞうげ》のような足から絹のような髪まで、どこをとっても本物のスペイン美人でしたよ。この目を見てごらんなさい。人生の喜びと愛にきらめいているでしょう？　ドン・ディアブロの花嫁さんは、この陽気さ、この情熱、この魅力がうらやましゅうはないだかね？　ドン・ディアブロが愛した人だとは思いなさらんかね？　心から愛したからこそ、坊ちゃんは人種の違う白い肌の女を求めたとは思いなさらんか？　見つめると目をそらす女を、手で触れると体を縮める女を、情熱にただ身震いする女を求めたんだと？」

「それじゃ、この人はドンが愛した人なのね。いまどうしているか、おまえ、知ってるの？」

「亡くなりましただ、セニョーラ。それからの六年間、もう笑いも愛もなくなってしまって……坊ちゃんを慰めることは誰にもできませなんだ。ご存じでしたか？　このかたが亡くなったとき、セニョールは一番お気に入りの馬を走らせて、とうとう乗りつぶしてしまって、頭にピストルの弾丸を撃ちこむしかなかったですよ。何日も、誰にも口をきかんで、埋葬のときには、墓穴に飛びこみはせんかと、気が気でなかったものですだ」

老婆は賢そうな目にかすかな悪意をにじませて、パーシファを見つめる。嘲笑《ちょうしょう》がしわの寄った黒ずんだ顔をかすめたみたいだった。

「あんなにこのかたを愛していて、どうしてあんたを愛せるでしょう？　どうしてあんたを大切にできましょう？　あんたはただ、セニョールの跡継ぎの息子をつくる手段にすぎない。だから、あんなにあんたの体を求めなさるんだよ。このかたはワインと蜂蜜。あんたはミルクと一滴のビタース。わたしはほんとうのことを話しています。あんたにもおわかりでしょう、セニョーラ？　若くて、きれいで、健康で、育ちのいい感じもある。そうよ、若いすてきな処女はかわいい赤ん坊を産んでくれる。坊ちゃんも、そろそろ跡継ぎが必要なころだと思っただよ。そうよ。セニョールのようなかたの花嫁は、きまって厳しい家庭か尼僧学校からくるものだでな。でも熱愛する女は、天国か地獄から現れて、いつまでも消えない香りのように、思い出を残していくものですだ」

カルメンテイラが話し終えると、パーシファはたんすに向き直り、もとの隠し場所に写真を戻し、いま聞いた話はすべて真実に違いないと思いながら、すぐさまドンの部屋を出た。

きっと、いらいらしているわ。急いで階段にさしかかる。そのとき、なぜホールのタイルに身を投げたいという衝動が走ったのか、パーシファにはわからなかった。

思わず全身が震える。パーシファは駆けだし、日差しのなかを、中庭をいっきに駆けぬけ、息子を得ることだけのために自分と結婚した男に駆け寄った。何よりも町に行き、人々の顔を、店を見たいと思う。疲れはてるまで泳ぎたいと思う。

「ごめんなさい。カルメンテイラがわたしに話があって遅くなったの。暑い日差しね!」

「こんな暑さのなかを走っちゃだめじゃないか。それに、帽子はどうした? ぜひとも必要だぞ!」

「あの……うっかりして……構わないわ。お店で買うから」

パーシファは息を切らせながらいっきにしゃべり、一瞬、ふらっとなる。ドンはパーシファを支え、じっと目を見た。

「ひどく神経がたってるね。まるで鳥かごのなかを狂ったように飛ぶ野の小鳥みたいじゃないか。町に行くのが、そんなにうれしいのか?」

「ええ、そうよ! もし、この息ぬきの時間をくださらなかったら、わたし、頭がどうかなってたかもしれないわ。わたしのここでの生活がどんなものだと思ってらっしゃるの? 昼も夜もあなたに見張られてて、あれをしろ、これを着ろって命令されて……わたしはあなたの持ちものなんだもの! あなたがわたしに求めてらっしゃるのは、ただ……」

パーシファは言葉をのむ。自分で口に出すことは、自分で自分を痛めつけることにほかならなかった。カルメンテイラの言葉だけで、痛みはじゅうぶんすぎるほどだった。赤ん坊を産ませるためには、相手の女を愛する必要などありはしない。必要なのは、男の情熱的で残酷な意思だけなのだから。

「きみはかわいい。ほんとうだよ」ドンはふいにパーシファの額にキスをする。「車に乗りなさい、おちびさん。できるだけくつろぐんだよ」

「あなたが運転なさるの？」

「ああ」ドンは皮肉たっぷりに言う。「きみが望むんなら、うしろの座席に座っていいぞ。それだけぼくから遠くなる。ぼくは車を飛ばすから、きみは不安になるかもしれない。それでなくても、町に行こうと誘ってからというもの、きみはぴりぴり緊張しているからな」

ほっとして、パーシファは提案を受けいれ、うしろの座席にひとりで座った。ハイウェイに入るころには、もうクーラーがききはじめ、パーシファは目をつぶる。まぶたの裏には、人生への愛に瞳をきらめかせている、スペインの美女の面影があった。

ドライヴのあいだ、パーシファはしばしば、目の前に座っている夫の広い肩やきちっと撫でつけた髪を見つめている自分に気づく。目に悩ましげな光があった。ほんとうに女性を愛するにはタフすぎて、夫は、女性の感情など気にもかけない人だと思っていたけれど……でも、一度は女性を愛したことがあったんだわ。そして、この人は、たしかに、一生に一度しか女性を愛せないタイプだろう。

そう思うと、ドンもいままでより人間らしく思えてくる。けれども同時に、そのことは、ドン・ディアブロの人生に自分が占める位置を、いやというほど思い知らされることでもあった。

愛されてはいないのに、夫からさまざまな監視を受けなければならない。自分が望もうと望むまいと夫の求めに従わなければならない。しかも、この生活は、なんとか夫から逃げだす手段を見つける日まで続くのだった。

いままでより以上に、逃亡の願いは高まる。パーシファはとんぼのブローチにさわった。誰か買い手を見つけることができれば、あとは夫の事務室の大きなデスクから、こっそりパスポートを持ちだすだけでいい。じゅうぶんなお金さえあれば、夫の領内であっても鉄道の駅まで車で連れて行ってくれる男を、かならず見つけだすことができる。そして、観光地のどこかにたどりつけば、もう安全だと思う。いくらドンでも、アメリカ人やヨーロッパ人の観光客の目の前で、わたしをむりやり連れ去るわけにはいかないだろう。

サボテンが点在するだけの荒涼とした風景がようやく終わり、車は町の郊外に入った。明るい彩りの屋根。白い壁。小さな果樹園。洗濯物がひるがえる庭。小さな子どもたちが家畜といっしょに駆けまわり、大声で笑い、叫び、とっ組みあいをしている。どの子も泥だらけだった。パーシファは思わず笑ってしまう。ドンが楽しそうだなと言った。

「あの子たちを見て。母親はいったい、どうやってあの子たちをきれいにするのかしら？」

「いっしょにたらいに入れて、頭からぬるい石けん水をぶっかけるのさ。それから、日なたに並べて乾かすんだよ。かわいいだろう？」

「とっても……肌は茶色の絹みたいだし、目は大きくって。きれいにしてもらったら、きっとコーヒー色の天使に見えるでしょうね」

「そう。メキシコの子どもたちには、けがれのない美しさがあるものな」

ある思いのこもった口調に、パーシファはどきんとする。子どもの話をするのははじめてだった。ドンは自分がほんとうに求めているものをほのめかしているのだろうか？

たしかに、カルメンテイラなら男と女のことを知りつくしている。とりわけ館の主《あるじ》については、知らないことなどないはずだった。ドンの母親に仕え、ドンの誕生から成長を見守り、女たちに目をつけ、ついにあのスペイン美人を愛し、失ったことまで見届けてきたのだから。

「子どもはお好き、セニョール？」

「見てるだけでも楽しいよ。きみはどうだい、いとしい人《ケリーダ》？　子どもができたら……ぼくの子どもができたら、うれしいかい？」

パーシファの心臓はひっくりかえりそうだった。バックを握る手に力が入って、指が痛い。

「悪魔の子ども《グラシアス》を産んで、大喜びする女はいないんじゃないかしら？」

「ありがとう。きみはときどき、夫に対して、じつにチャーミングな言葉遣いをしてくれるな」

車は町の中心部に入り、美しい、古い広場に止まった。車が何台も並び、かぶとをかぶって馬に乗った石像が堂々と広場を見おろしていた。車をおりて、広場を横切り、商店街へと向かう。

久しぶりに見る町のにぎわい。久しぶりに聞く人々の声。パーシファァはふいに、自分があまりにも人目に立ちすぎることに気づく。プラティナ・ブロンドの髪も、白い肌も。そして、いかにも自分のものだというように腕を組んで歩くドン・ディアブロ。

どうして自分の国の女性と結婚しなかったのかしら？　やはり、あの愛人のかわりを見つけることができなくて、反動的に、あのスペイン系の美女をけっして思いださせない外国の女性を、結婚相手に選んだのかしら？

アーケードのある商店街の前でドンは立ち止まる。明るい、エキゾティックな店が並んでいる。ドレス、衣類、雑貨、アクセサリィ、食べもの、台所道具、果物……。

「金がいるだろう」ドンは財布から新しい札束をとりだす。「気に入ったものならなんでも買っていい。とくに日よけの帽子は忘れないように。ぼくのほうはこれから二時間はかかるだろう。一時に車のところで落ちあって、食事に行くことにしよう。そのあとで海だ」

「はい、ご主人さま」パーシファァは元気よく答えてお金を受けとる。ずいぶん気前がいい額だけれど、誰かを買収して逃げだすには、やっぱり足りない。「どんな帽子を買いましようか？　花飾りのついたソンブレロ？」

「どんな帽子だって、きみなら似合うさ」ドンはパーシファのあごに手をかけ、顔をあげさせる。「ぼくから逃げだそうとするなよ、おちびさん。ぼくの手はとても長いし、自分のものは、けっして手離さないたちだからね。きみはぼくのものだ。そのことを忘れるんじゃないぞ。頭のてっぺんから足の爪先まで、肉も骨も、怒りも恐れも、何もかもぼくのものだ。きみはぼくの妻で、セニョーラ・エスレルド・ルイなんだぞ。それなりの威厳をもってふるまい、顔かたちだけじゃなく、性質もすてきなことを見せなくちゃいかん。この町の人間なら皆ぼくを知っているし、きみが何者であるかも心得ている。男に声をかけられたりはしないだろう。きみから声をかけないかぎりはね。絶対に、そんなことはしちゃいかん。言いたいことはわかったかね？」

「すみからすみまでわかりました、セニョール。わたしはいい子にしてて、ご主人さまがだいじな男の仕事をなさっているあいだ、つまらないものを見て楽しんでます」

ふたりはじっと見つめあう。挑むようなまなざしといらだったまなざしがぶつかる。ふいにドンは目を細め、皮肉な笑いをうかべた。

「きみは人ごみのなかだと勇敢だな。ふたりだけになったら、いつまでその勇気がもつのかな？」

パーシファはぎょっとして、思わず赤くなり、赤くなったことで自分がいやになる。

「まあ、わたし、いい子にしてますわ。わたしのせいで誰かがひどい目に遭わされるのは見たくないもの。あなたの力も、あなたの残酷さも、わたし、よく知ってますから」

「じゃ、そのことを忘れないようにするんだな！」ドンはパーシファの手をとってキスをする。「それじゃ、これで別れよう。一時に車のところで」

「一時きっかりにね」

パーシファは、ドン・ディアブロの長身が歩み去るのを見送った。グレイのスーツをぴしっときめて、人ごみでもひときわきわだって見える。

店には原色があふれ、話し声と食べもののにおいでいっぱいだった。イギリスにいたらとても着る勇気が出ないほど派手なもようのシルクのシャツを二枚買う。この強烈な日差しの下では、むしろ原色の強烈さのほうがふさわしい。帽子屋でソンブレロを買った。リボンに変てこな形の果物がふたつついている。ドンの言葉に反発して買ったのだけれど、問題は、はずかしくて、とてもかぶれたものじゃないことだった。けっきょく、手に持って歩くことになる。海辺でなら、そんなに奇抜じゃないかもしれないわ。

もの珍しさにたちまち一時間がすぎてしまったころ、パーシファは宝石店を見つけた。立ち止まって考えこむ。また、胸にとめたとんぼのブローチにさわりながら。さりげなく店に入っていって、このブローチの値段をきいてみるだけなら、何も問題はないんじゃないかしら？　それだけでも、予算が立てられるようになるんだもの。

ぱっと決心すると、パーシファァは店に入った。驚いたことに、カウンターに現れたのは、ブロンドで体格のいい、アングロサクソン系の若者だった。相手の目にも驚きの色がうかんでいる。

「アメリカのかたですか？」

「イギリスのかたかしら？」

ふたりは同時に言い、声を合わせて笑う。町をぶらついていた一時間のあいだ、赤銅色の肌と黒い髪のメキシコ人とばかり顔を合わせていたパーシファァにとって、青年との出会いは新鮮だった。

「それじゃ、あなたはイギリス人なんですね。なるほど、そうにちがいない。その声。その肌の色。きっと紅茶も好きでしょう！」

「そうね、でも、どうすればイギリスの紅茶が飲めるかしら？　あなたはまじりっけなしのアメリカ人ね。その鼻にかかった発音。その元気のいいようす。きっとコーヒーもお好きね！」

もう一度、ふたりは声を合わせて笑う。同じ白い肌の人間に会うことに、そして自分の言葉で話しあうことに飢えていた仲間同士のように。

「じつに久しぶりだなあ！　すばらしい驚きですよ。イギリスの美女がこの店に入ってくるなんて、夢にも思わなかったな。この暑い土地に、見るからに涼しげなようすで。あなたは幻かな、それとも、現実？」

「現実の存在のつもりよ。でも、メキシコの宝石店で、アメリカ人の店員に会うなんて夢にも思わなかったわ」

「生活ってやつのためでね。偶然、迷いこんだようなものですよ。事故に遭ったものだから……もともとは石油会社の潜水夫だったんです。海底石油ってやつ。ある日、ちょっぴり深く潜りすぎて、空気塞栓症にかかっちまって。友だちがこの店を持っていて、しばらくのあいだ雇ってくれているんです。体調がじゅうぶん回復して、また潜れるようになるまでね。一度、ダイヴァーになったら、一生ぬけられないものなんだ。飛行機屋と同じだな。事故に遭ったぐらいじゃやめられるものじゃない。たしかにクレージーなんだけど」

「わかるような気がするわ。でも、こわかったでしょうね？」

「事故のときは意識なんかないから……ひどいのはそのあとでね」青年は一瞬まじめな表情になる。が、ハンサムな顔はすぐ笑顔に戻った。「それで、あなたはメキシコで何をしてるんです？　ワインと黄金の国でヴァケイションですか？」

「わたし、ここに住んでるの。家はずっと遠くなんだけど、今朝、車でこの町に着いたばかり。買いものとお食事にきたのよ」

「あなたひとりで？」

青年のグレイの瞳は、パーシファが食事と言ったとたんに明るくきらめく。この魅力的な青年と食事をするのだったら、どんなにすてきかしら。ちょっぴり残念そうにパーシファは答える。

「この町には夫ときたの。夫が仕事の話をしているあいだ、店をひやかして歩いてたのよ。ほら、この帽子を買ったの」

「きみは人妻にしちゃ、ずいぶん若く見えるな。高校生を花嫁にするのは、メキシコ人だけかと思っていたけど」

「お世辞がうまいのね。高校を出たのは、とっくの昔よ。結婚して、もう何週間にもなるわ」

「ただの何週間かかい？　それじゃ、まだれっきとした花嫁じゃないか……メキシコの町の市場なんかをひとりで散歩させといて、きみのご主人はいったい何をしてるんだい？　ぼくだって用心してるくらいなんだぜ。メキシコ人って、すぐ熱くなるからな……誰かきみにちょっかいを出しゃしないかって心配だよ。こんなにきれいなんだもの」

「夫はとても有名だから、わたしに手を出す人なんていないのよ」

「なるほど。彼、イギリスの外交官か何かかい？　とっても大物の」

「いいえ。夫はメキシコのドンなの。このあたり一番の大地主らしいわ。お会いになったことはなくても、名前はご存じかもしれないわね。ドン・ディアブロ・エスレルド・ルイっていうの。わたしたち、彼の土地の中世ふうのすごい館に住んでるのよ……」

パーシファは口をつぐむ。青年の目にうかんでいるのは、たんなる驚き以上の感情だった。いまにもカウンターをとびこえて、メキシコ人の夫から救いだそうとしかねない勢いだった。

「やつは暴君だぞ。このあたりで、やつの名前を知らない人間はいないさ。とうとう結婚したってうわさが広まってはいたが……でも、まさか、きみみたいな人と結婚したなんて！　きみは誰かに大切にされて、ばらの花園で育ったって感じなのに……やつにはインディアンの血がまじってるって言うぜ。いったい、どうやって知りあったんだい？　ああいう連中は尼僧院の学校からまっすぐ花嫁を迎えるって聞いたことがあるけど……そんなふうだったのかい？」

「あたらずといえども遠からず、かしら？」

そう言ったとたんに、パーシファはすべてをぶちまけたくなっている自分に気づく――ドンにむりやり結婚に追いこまれたこと。恋愛結婚どころか、生きかたのまるで違うふたりが、やむをえずいっしょに暮らしていると言ってもいいくらいだということを。パーシファはむりに笑って見せる。「とにかく、わたし、自分の私生活を、まったく知らない人に相談するために、この店に入ったわけじゃないわ」

「ぼくはギル・ハワード。ロサンジェルスの出身。それで、スペイン語もかなり話せる。メキシコの宝石店に勤められるくらいにはね。一度、結婚したこともある。うまくいかなかったけど……ぼくはしょっちゅう家を留守にしていたからね。どうなるか見当がつくだろう？　とうとう妻のロイスはほかに相手を見つけちまった。でも、そのこと以外、ぼくの経歴に傷はない。それに、きみがぼくのことを知らない人だと言うのを聞いて、ぼくは、きみの友だちになりたいと願っていることがわかったところさ。きみにも、もちろん、ファースト・ネームはあるんだろう？　ぼくら、形式ばるのはよそうよ。いいだろう？　セニョーラって呼びかたは、ひどく大人っぽい感じがするんだな。それなのに、きみときたら、とても若々しいんだもの。その髪は、日の光にあたると、きっと蜂蜜色に変わるんだろう？」

青年がひと息にしゃべりはじめたとき、くるりと背を向けて店から出て行かなければならないことは、パーシファにもよくわかっていた。けれども、ドンの声とはまるで違う、温かみのある若々しい声で英語を聞くのは、あまりにも快かった。

「セニョーラと呼んでくださいって言い張らなきゃいけないところね」

「でも、きみなら、そんなこと言い張ったりはしないだろう？」

「そうね」パーシファは肩をすくめる。「いまの時代にファースト・ネームで呼びあったって、どこがいけないものですか。わたし、パーシファっていうの」

「もう一度、言ってくれないか！　ちゃんと聞いたのかな？」

「そうよ、ミスター・ハワード。わたしの後見人は古典学者で、この名前が大好きだったの。ちょっと変わってるけど……」

「この世ならぬ名前さ、ハニー」ギルは感嘆のあまり、ブロンドの頭をゆっくり左右にふった。「今朝、目が覚めたとき、やがてペルセポネーその人に会うことになるなんて、信じられたと思うかい？　しかも、その人の結婚相手ときたら、冥府《めいふ》の王プルートーンそっくりの男だなんて！」

　ギルの言葉はあまりにも的を射すぎていて、パーシファはそれ以上話を続けることができなかった。それにブローチの値段をきくこともできないだろう。このアメリカ青年は、とても頭の回転が早いから、パーシファがブローチを売りたがっていることを見ぬくかもしれなかった。夫から逃げだすためにメキシコを出たいと願っていることさえも。

　パーシファはちらと宝石を散りばめた腕時計を見る。これもドンからの贈りものだった。

「ほんとに、もう行かなくちゃ、ミスター・ハワード。夫は我慢強いタイプじゃないし、きっと、いらいらして待ってると思うの。さよなら……」

「また会いましょう《オ・ルヴォアール》、パーシファ。ぼくらはきっと、また会うことになる。だって、この土地で、ぼくらはよそ者なんだもの——おたがいに必要なんだよ、話相手としてだけでも」

「さようなら」

　パーシファはもう一度くりかえすと、いっさんに走りだした。

5

ドンの車に着くころにはすっかり息が切れてしまう。ちらと車内をのぞいて、ほっと安《あん》堵《ど》のため息をもらす。ドンはまだきていない……そのとたんに肩をつかまれ、パーシファはびっくりしてふりかえった。

ドンはパーシファの乱れた髪や上気した頬を見つめ、わずかに眉根にしわを寄せた。胸がどきどきする。まるで悪魔《デヴィル》のように、どんな出来事でも知っている相手だから。でも、ギル・ハワードのことだけは内証にしておきたい。

「まるでガラクタ市に行ってきたみたいだな。いったいそれはなんだ？」

「日よけの帽子を買えとおっしゃったでしょ。お気に召しません、セニョール？」

パーシファがいつまでたっても形式張った話しかたをすることを、ドンはまだ一度もしかったことがない。いまも帽子を手にとり、オレンジ色の果物の形の飾りを指ではじく。

「おちびさん《チーカ》、ぼくはきみが考えてるほど暴君でもなければ、ユーモアのセンスに欠けてるわけでもないぞ。きみがこのばかげた代物をかぶりたければ、遠慮はいらない……海岸でかぶりなさい」

　車で海岸のカラフルなレストランに行く。パラソルをさしかけたテーブルは、海水浴場のすぐ上にあった。まっ白な砂浜が波打ちぎわまで続き、海の青と鮮やかな対照を見せている。

　パーシファはうっとりして、ドンにたずねてみたくてたまらなかった――どうして今日は、わざわざ遊びに連れだしてくださったの？　が、テーブルにつき、ドンの皮肉なまなざしに合うと、やっぱり目をそらしてしまう。

　五週間たって、この人は自分がほんとうに求めているものが、そろそろさずかるんじゃないかと期待しているのかしら？　自分の体を求められるってこともたいしたことだとは認めるけれど、でも、愛はどこでかかわってくるのかしら？

　子どもは愛から生まれてくるべきで、父親の傲慢《ごうまん》な野望から生まれてはいけないわ。パーシファは冷たいパイナップル・ジュースのグラスを握りしめながら、ドンの子どもができませんようにと祈る。昔は、結婚して子どもができたら、マーカスって名前にしようなんて空想したものだけれど。

「それで、ほかに何を買ったんだい？」

　ドンのよくひびく声がパーシファの回想を破る。パーシファはびっくりして、目を丸くしてドンを見つめた。

「館でふだんに着るシャツを二枚よ。もようがぱっと人目を引くの」

「それでぼくの目を引こうと思ったのかい？」

「いいえ。つまり、ただのふだん着ですもの。ここのお店は、明るい色のすてきな品物でいっぱい。あなたのお国の人って、手が器用なのね？」

「ひじょうにね。それに、いまではきみの国の人でもあるんだよ、いとしい人《ケリーダ》。きみとぼくとは一心同体なんだ。それとも、まだきみは、ぼくから逃げだそうと夢見ているのかい？」

ゆったりとした話しかただが、目に強い光があった。ふいに独占欲が表情に表れ、ドンは身を乗りだして言う。

「同体だぞ。聞いてるのか？」

「聞いてます。あなたが気にかけてらっしゃるのは、体のことだけだってことくらい、よく知ってます。絹や宝石で飾ったところを見るのがお好きなんでしょう？　自分の生きてる所有物があなたのために装うのを見るとわくわくなさるんだわ。あなた、ムーア人の血もちょっぴりまじってるんじゃなくて？　もし、わたしがよろめいたように見えたら、あなたもわたしをしめ殺すかしら？　あのかわいそうなデズデモーナのように」

「その問題でぼくをテストしたりしないよう警告しておくぞ、パーシファ。きみの言うとおり、ぼくは妻の美徳を高く買う。だから、きみが純潔そのものだとわかったときは、ぼくの生涯の最良のときのひとつだと思った」

「わたしにとっては、生涯の最悪のときのひとつでしたわ」声が震える。記憶をよびさまされたことで、パーシファの目は憎しみに燃えていた。「自分が怪物と結婚してしまったことが、はっきりわかったんですもの！」

「おやおや。きみは毎日、ぼくの新しいあだ名を考えて暮らしてるのかい？　いや！　答えなくていい。どうやら、つぎからつぎに、楽々と思いつけるらしいな。まあいい。すくなくとも正直であることだけはたしかだ。愛しているふりをしているだけの女の甘い言葉よりはましだろう。きみといっしょにいると、自分の立場を誤解しなくてすむからね」

「そうでしょうか？　わたしなら信用しませんけれど。静かな水は底の深みで流れてるって言いますもの」

「そして、イギリス人は底が深いって言うんだろう？　氷山のように、表面に出ているのは、ごく一部分だって」

ドン・ディアブロは、話を続けながら、給仕が運んできたます料理にかかる。レモンをしぼり、こしょうをすこし加え、かすかに微笑をうかべた。

「ええ、そうよ。そして氷山は危険な場合もあるんです。豪華船タイタニック号だって沈んだんですからね。あんなに、これ見よがしに、力と美を見せびらかしていたのに」

「どうやらきみは、短剣を絹につつむっていうラテン気質《かたぎ》に染まってきたらしいぞ。ラテンはもとムーアと同じで、ムーアはまた聖書の時代につながる。たとえばなしは、あのころからいままで、お気に入りの表現形式でね。気をつけたまえ、おちびさん。でないと、ぼくらみたいになってしまうぞ」

「まさかそんな!」パーシファは夫の言葉の遣いかたにぞっとして言いかえす。「残酷で、自分勝手で、心には野心のほかに何もない人の仲間入りなんか、きっぱりお断りします」

「ぼくの心に何があるか、どうしてきみにわかるんだい? きみは一度も、ぼくの心をさぐろうと努めたことさえないじゃないか? 胸にあるのはコンクリート製の心だときめてかかってるんじゃないのか?」

パーシファはぱっと顔をあげる。ドンはパンにバターを塗っていた。

「あなたの心には、わたしに対するまごころなどかけらもないことなら、知ってます。わたしはただ、あなたのお気に入りの形をしているってだけ。だから手綱を嫌う雌の子馬みたいに扱えるのよ。わたしの持ち主として、あらゆる権利を行使なさってくださってけっこうよ。でも、そんなことでわたしが、いずれあなたのやりかたを好きになるとでも思ってらっしゃるんなら、もう一度、お考えになることね」

「いま考えているところさ。しかし、きみに好きになってくれって頼んだ覚えは一度もないんだがね。このますはすばらしいだろう? 最高だ。いいかい、ぼくはこのますが好きで骨までしゃぶる。でも、ますと生涯をともにしようとは夢にも思わないぞ」

ドライなユーモアのセンスがあることは否定できなかった。パーシファァは笑い声をかみ殺す。わたしを面白がらせてやったなんて満足感を味わわせてたまるものですか！

「あきらめて笑いたまえ。でないと、息がつまっちまうぞ。五週間もいっしょに暮らしていて、きみのことが何ひとつわからないとでも思っているのか、パーシファァ？　きみはジョークが好きだ。しかもちょっぴり俗にくだけたジョークがね。このことは何を意味すると思う？」

「教えてちょうだい、セニョール。あなたは女性については権威ですもの」

「それはね、きみには女らしい女になれる素質があることを意味しているんだよ。そして、ぼくの意見では、これは北ヨーロッパのクールなブロンド娘の特徴なんだと思う。とり澄ましたつつましやかな外見の内側には小さな炎があって、いったん燃えあがると、あらゆる抑制も、あらゆる分別も、身を守っている氷も、すべて焼きつくしてしまう。〝氷の乙女〟のなかの小さな愛の炎ほど、ふしぎなものはないんじゃないかな」

「愛ですって？」パーシファァは皮肉たっぷりに笑う。「憎しみっておっしゃるのなら的に近いかもしれませんけど。いままで女性から言われたことはありませんの、ドン・ディアブロ――あなたを憎みますって？」

　そのあと、恐ろしいばかりの沈黙が続く。パーシファァは恐れも忘れて、ドンがグラスをこわれそうになるほど握りしめるのを見守っていた。

「こんどもきみは、人ごみのなかでは勇敢だな」

声には、ふたりだけになったら目にもの見せてくれるぞという脅迫がこもっていた。いくらパーシファが逆らったところで、ドンの肉体的な力の優越の前には屈辱を強いられてしまう。何度、パーシファは、ドンを悪魔と呼んでののしったことだろう。その言葉が、いまも目のなかに燃えていた。

ドンは軽く頭をさげて、無言の非難を受けとめる。「デザートには何がいいかな? きみは、もちろん、甘いものだろう?」

皮肉たっぷりに言って、ドンは指を鳴らし、給仕を呼ぶ。ばらの花びらをうかべたフィンガー・ボウルに指をひたしながら、パーシファはふと、近くのテーブルの三人のラテン系の女性がドンを見つめている目つきに気づく。

すてきなドレスから見て、この町の役人の妻たちだろう。自分以外の女性にとって、ドンが性的魅力にあふれる男性であることは、たしからしい。ひとりがやっとドンの視線をとらえた。

まさに男を誘うまなざし。きっと夫に飽き、情事を求めているんだわ。パーシファは好奇心にかられて、公然と誘われているドンの反応を見守る。ドンも女をじっと見かえしていた。ひどく冷ややかな目で。

ふいに女は甲高い笑い声をあげ、仲間たちとのゴシップに戻る。けれども顔を赤らめたしい。


ところを見ると、ドンのまなざしは、女に街娼《がいしょう》にでもなったような気分を味わわせたら
　ドンは手を伸ばして、パーシファの金の指輪をはめた手をとる。まるで、この女こそぼくのものだというように——ほかの男に目をくれるどころか、ぼくが手を触れただけでぴりぴりしているこの女こそ、ぼくのものだ、と。

「けっして、あそこの女みたいになるなよ。もしもそんなことになったら、オセローとデズデモーナの悲劇がくりかえされることになる。いいね」

「あら。彼女、すごく魅力的だと思わないの？　ラテン系の美人そのものじゃないの？　黒い瞳、豊かな肉付き、男好きなようす。驚きましたわ、セニョール。彼女こそ、あなた向きのタイプだと思ってたのに」

　ドンはパーシファの手を握りしめる。けんめいに痛みをこらえていると、給仕がデザートを持ってきて、やっと救われる。パッション・フルーツとぶどうとバナナのスライスに、メキシコ特有の風味のあるクリーム。とても逆らえない。パーシファはうっとりしてスプーンを運ぶ。

「今日はずいぶん食欲があるんだな、おちびさん。海辺の空気のせいかな？　それとも、ほかに何か理由でもあるのかな？」

　ただひとつのことをほのめかしていることはたしかだった。あなたの子どもを産むくら

いなら死んだほうがましよ、と叫びたい気持を胸にしまって、パーシファァはなんのことかわからないふりをする。

「わたし、クリームには目がないのよ。わたしにだって食欲はあります。あなたの貪欲とは違いますけれど、セニョール」

「こいつは一本とられたな。きみは鋭い舌を持っている。ケイトと改名したほうがいいんじゃないか？　もっとも、いまの名前のほうが好きだがね。きみと同じに類《たぐい》まれだから」

「つまり、運命的な名前だとおっしゃりたいの？　わたしはペルセポネーにあやかって名づけられて、暗黒の王と結婚して……あなたの館は冥府《めいふ》に似てなくても、わたしにはやっぱりそう思えるの」

「館に何ひとつ喜びがないとでも言うのかい？　庭園にも、滝にも、中庭《パテイオ》にも、部屋にも、美も喜びもないと言うつもりかい？　ストーンヒル邸よりはるかに感覚を楽しませてくれると思うがね。あそこは灰色で陰気だったぞ」

「ストーンヒルはわたしの家だったのよ。愛してました。館については、とてもそうは言えないわ。わたしに関するかぎり、金色の牢獄《ろうごく》ですもの」

「そして、ぼくはきみの牢番かい？」

ドンは、デザートの皿をとりにきた給仕に、コーヒーと葉巻を注文する。ドンが葉巻の箱から一本選びとるのを、パーシファァは見守っていた。コーヒーにはボンボンの皿がついている。

「もうすこし、甘いものをとりたまえ……きみも貪欲なんだろう？」

「わたしを太らせようと思ってるの？　スペイン系の男性って、たいてい、太った奥さんが好きなんでしょう？　その点でも、わたしは失格ね。ほんとのことを言うと、セニョール、どうしてわたしと結婚するつもりになったのかふしぎでならないの。あなたに愛情なんか持ってないし、尊敬してるともとても言えないんじゃ……」

「尊敬だって？　ぼくはたしかに、きみが後見人に抱いていた高校生じみた愛情なんか頼んだ覚えはないが、ぼくの妻としての地位を尊敬することは断固として要求するぞ。ぼくらふたりだけのあいだのことは、たいして世間に関係はない。だが人前では、レイディとしてふるまいたまえ。鋭い爪も、鋭い舌も、そっと隠しておくことだ。ときどき、若くて印象的な娘の後見人として、マーカスははたして適任だったかどうかわからなくなることがある。男世帯だし、しかも、しばしば賭博場《とばく》になったと聞いている。きみを男装させなかったのがふしぎなくらいだ」

「男装させてくれてたらよかったのに！　ギャンブラーに教育してくれてさえいたら、あなたの言うままにならないですんだのに！　そうよ、マーカスは、ギャンブル好きだったけど、わたしには絶対に賭博熱をうつそうとはしませんでした。そういう方面にはわたしを近づけなかったの」

「じつに純真な見かただな。ぼくの見かたではね、いとしい人、マーカスはきみを、雄ねこどもをおびき寄せるかわいい白ねずみに使ってたのさ……おやおや、もしそのボンボン皿を人前でぼくに投げつけるつもりなら、ふたりだけになったときの覚悟をきめてからにするんだな」

「あなたって……ほんとうの悪魔よ！」パーシファァはさっと青ざめる。「でも、マーカスの思い出に背を向けさせようと思ってらっしゃるのなら、望みはありませんからね。わたし、マーカスの長所も欠点も知ってます。そして、ふしぎなことに、両方とも愛しているの。あなたはただ憎んでいるだけ。だから長所なんかまるで目に入らないの――小間使いたちには、妻に対するより礼儀正しい点だけを別とすればね！」

「大きな声を出すんじゃない」

ドンの目は冷たい怒りに燃えていた。館では台所に逃げこんで、玉ねぎを刻むのを手伝うふりをして涙をごまかしたけれど、このレストランではどうしようもない。テーブルのあいだを縫って化粧室に駆けこめば、もの笑いの種になるばかりだ。パーシファァはぐいっと髪をゆすって夫をにらみかえす。

「もし、おどおどして言うことをきく妻を求めてらしたのなら、残念でしたわね、セニョール。わたしは独立したひとりの人間で……子どもを産む機械なんかじゃないんですから！」

とうとう……言ってしまった。朝、カルメンテイラと鉢合わせしてから、とげはうずき続けていたのだった。ほんとうの愛を感じてもいない男の跡継ぎを産むためにだけ生きなければならないとしたら、わたしの人生はもう終わったも同然だわ。まだ二十歳《はたち》なのに！

「もうじゅうぶん、言いすぎたはずだぞ」

ドンは恐ろしい顔つきで給仕を呼び、勘定をすませる。チップをはずみ、痛いほどパーシファの肘を握りしめて、レストランを出る。砂浜、海、太陽、すべてがまぶしい。目に涙がにじんでいた。パーシファは黙って車に向かう。館に帰るものとばかり思っていたのに、ドンは水着とタオルとパーシファの滑稽《こっけい》なソンブレロを手にとった。

「浜辺は暑いはずだぞ」

「まだいらっしゃるつもり？　わたしなら、家に帰っても構いませんけど」

「子どもみたいなことを言ってないで、これをかぶりたまえ。剣を交えて多少血を流したくらいで、ぼくが水泳をあきらめると思ったら大間違いだぞ。いっしょに海に出たくなければ車に座ってろ。好きなようにしたまえ！」

ドンはさっさと浜辺におりる石段に向かう。パーシファはそのうしろ姿をにらみつけていた。そよ風が海のにおいを運んでくる。いいわ！　疲れはてるまで泳いで、現実のことなんか忘れてしまおう！

浜辺におりてみると、ドンはすでにビーチ・ハットを借りていた。波打ちぎわにカラフルに並んでいる着替え小屋。やがて水泳パンツに着替えたドンが現れ、まっすぐ海に歩み入り、腰まで水がくると、ぐいぐい泳ぎはじめる。濡《ぬ》れた腕が赤銅のように太陽に光っていた。

パーシファはすぐ入れ替わりに小屋に入り、水着に着替えると、髪をきちっと結んだ。はだしで砂浜を駆け、気ままな波の戯れに身をまかせると、一瞬、娘時代がよみがえったような喜びがあった。

ごく小さいころにマーカスに泳ぎを教えてもらってから、パーシファは海が大好きだった。波は心に受けた痛みを優しく和らげてくれる。パーシファは、いまこの瞬間の喜びのほかには、すべてに対して心を閉ざす。もちろん夫の姿など探しはしない。自分ひとりだと思いこもうとする。

パーシファはゆったりと泳ぐ。水は生ぬるくもなく、冷たすぎもしない。背泳ぎに変え、燃える太陽に目をつぶる。すべてはあまりにも平和だった。ドンはおぼれてしまったんじゃないのかしら?

好奇心にかられてあたりを見まわす。黒い頭はどこにも見えない。異教の神々への祈りが通じたのかしら? なんとも言えない、ふしぎな胸騒ぎがあった。と、何か大きなものが海の深みから襲いかかってくる。パーシファは悲鳴をあげる。たくましい腕がパーシファをとらえる――ドンだった。

「どうやら、この海はぼくらだけの貸し切りらしいぞ。怠け者どもは皆、昼寝《シエスタ》の最中だ……きみは泳ぎがうまいな、おちびさん。ばたばたしないし、髪が濡れても平気だ。この何もこわがらずに楽しむ態度を、ぼくの腕のなかでも見せてくれたらな」

「わたし、あなたはおぼれたのかと思ったわ。願いがかなって！」

「なんて罪深いことを考える妻なんだ。ダーリン、きみはそうやすやすとぼくから逃げられはしないぞ。何しろぼくにはインディアンの血が流れているんだから、魚のように泳げるし、むちのようにタフなんだ」

「サメのようにっておっしゃるつもりじゃなかったの？　あの海の悪党のように、黙っていて、すばやくて、しなやかだぞって」

「さっき悲鳴をあげたのは、ぼくをサメと間違えたせいなのか？　連中はさんご礁の向こうで魚をあさってて、めったに湾のなかには入ってこない。この湾は深くて透明で、ごみひとつないからね。これにはぼくも手を貸してるんだ。湾と浜辺は海水浴に適した状態に維持しなきゃいけないって法律をつくってね。何年か前、この地域でポリオが発生したのも、湾が汚れていたせいなんだ。でも、いまは清潔で安全だし、のどかで美しい」

「偉いわね、ほかの人のために力を貸すなんて。ポリオはひどい病気だもの……」

「そう」

ただそれだけ言って、ドンは八百メートルほど先に白金色に輝いている浜辺を示す。

「もしわたしがあなたより早く泳げたら、あなたのエゴはずたずたに引き裂かれるんじゃない?」

「さあ、どうかな? テストしてみるかい?」

ドンが手を放したとたんに、パーシファは全力で岸辺に向かって泳ぐ。なんとかして勝ちたい――いつも哀れみを請う唇をキスでふさがれて、思いのままにされてしまうほど弱くはないことを、はっきり証明してやりたい!

ちらと横を見ると、ドンは楽々と泳ぎながら、白い歯を見せてにやっと笑う。まるで、いまはパーシファに合わせて泳いでいるけど、その気になればすぐに追いぬくぞと言わんばかりに。

パーシファはかっとなって水を蹴《け》り、ドンの顔に浴びせかける。が、その反動で水に潜り、したたか水を飲んでおぼれそうになってしまう。たくましい腕がパーシファをかかえ、浜辺までいっきに泳いだ。

砂の丘に引きずりあげられ、まるで漂流物のように投げだされる。それから、猛烈なスペイン語の洪水。顔をしかめてせきこんでいるパーシファには、ありがたいことに、ひとこともわからなかった。

「ばかだな」やっと英語に戻ってしめくくる。「いつまでも子どもっぽいばかなまねをしてると、いつの日か命取りになってしまうぞ。どうして大人になろうとしないんだ」

　ドンには、たしかに、怒る権利があると思えば思うほど、ますます腹が立ってくる。

「あなたはすっごく大人ですものね、そうでしょ、セニョール？　一度もばかなことはしなかった――そう思っているんでしょ？　でも、最高にばかなことをしてるわよ、わたしと結婚なんかして……知らない国に連れてきて……わたしにあなたと戦う力がないことにつけこんで思いのままにして……わたし、あなたの傲慢さを憎まずにはいられない……」

「その話題には、そろそろ飽きがきたぞ」ドンは海水を滴らせながら、パーシファァのそばに立ちはだかったまま言った。「憎むって言葉を使いすぎる。ちっともこたえなくなってしまった」

「こたえたことがあったのかしら？」

「きみから受けたような無礼なふるまいは、ただの一度も、かけらさえも、ほかの誰にも許したことはない。そろそろ、きみのかっとするくせを直すときがきたようだな」

「むちでたたき直すつもり？　まるで、買い入れた雌馬を調教するみたいに」

「きみにむちを使う必要はないさ、いとしい人」

　ふいにドンは、横たわったパーシファァの体にまたがるように、ひざをつく。動物のようにすばやい身のこなしだった。パーシファァは完全につかまって、体さえ動かせなくなってしまう。

「やめて！」

「またそれか」ドンはにやっと笑う。「誰も助けにはこないぞ。皆、昼寝で、浜にはぼくらふたりきりだ。悲鳴をあげるなり、じたばたするなり、かみつくなり、引っかくなり、好きなようにしろ。疲れて降参するのが早くなるだけだからな。さあ、ダーリン、いつものレスリングをはじめよう。夜の試合の前哨戦《ぜんしょうせん》だ」

「ああ、地獄に落ちればいいんだわ」

はじめてパーシファァは、仰向けに横たわったまま、じっとしていた。ドンが体を重ねる。パーシファァは目をつぶり、歯を食いしばった。ドンの唇がうなじをさまよう。

「うっ、砂だ！」とたんにドンはぱっと立ちあがり、パーシファァをおこす。お尻をぴしゃっとたたいて、体をふいてきたまえと言う。「乱れた女性ほど好きなものはないが、砂とヒステリーだけはごめんだ。さっさと行けよ。気が変わって、砂も爪も構うものかと思い直さないうちに」

「いやらしいったらないんだから！」

ドンの手が届かないところまで行ってから、パーシファァは吐きすてるように言う。着替え小屋に入り、かんぬきをかけてから、水着をぬいでタオルで体をふく。マーカスと泳いだあとは、快く砂浜でくつろいだものだけれど、いまはねこのようにおびえて、ドレスを着てやっと落ち着くしまつだった。

いやなやつ。わざとあんなことをして脅かすんだから。パーシファァは髪にくしをあて、うなじで結んでから、ようやく落ち着いて小屋を出る。ドンは松の木にもたれて、のんびりと待っていた。

「お待ちどうさま。わたし、車で待っていましょうか？」

「いや、ここにいたまえ。すぐすむから」

ドンは小屋に姿を消す。しかし、かんぬきをかけたようすはなかった。パーシファは空を見あげる。日差しもようやく和らいだようだ。ふいに、どきっとする。石段をおりてくる姿があった。

青年は片手に水着を持ち、タオルをふりまわしながら歩いてくる。ブロンドだった。ギルかしら？　だめよ！　わたしのそばにこないで……話しかけちゃだめ……気づかないで行ってちょうだい！

「セニョーラ！　これはうれしいな！」

「ハロー、ミスター・ハワード。潮が満ちてくる前に泳ぎにいらしたの？」

「もちろん。いまが一日で一番好きな時間なんだ。仕事は終わったし、夜の楽しみは待ってくれてる」ギルはまっすぐ歩み寄って、目をきらめかせながら言う。「きみもいままで泳いでいたんだね。まるでウンデーネみたいだ。海に洗われて、妖精を思わせる」

「お願い」パーシファは声を低め、目顔で着替え小屋をさす。「そんなことおっしゃらないで。主人はとてもわかっては……」

「ああ。了解！」ギルはウィンクを送ってよこす。「じゃ、例のスペイン人のご亭主と泳いでたんだね。かわいそうに、そんなにびくびくして！　そういう亭主なんだな、それじゃあ？　妻にほかの男と口をきくことさえ厳しく禁じて、自分の用だけはつぎつぎにやらせるっていうような。きみにとっては地獄じゃないか！」

「早く行かないと、あなたもひどい目に遭うわ」

「きみの望みとあればなんでもやるよ、マイ・フェア・レイディ。でも、ぜひともまた会いたいな——ふたりだけで」

「だめよ。お願い、あの人に見つかる前に行って！」

が、そのときは、もう手遅れだった。着替え小屋のドアが開いて、夫の長身が現れる。

グレイの背広姿は、手にタオルと水着を持っているのに、いかにもいかつい感じだった。

ギルはドンをちらと見て、さりげなく歩み去る。見るからに、通りがかりにイギリス娘がひとりでいたものだから、声をかけていったというようすで。パーシファはほっとため息をもらす。とたんに、ふたりを紹介したくなかったことに気づいて、はっとする。ギル・ハワードのことは内証にしておきたかった。いざというとき頼りにできる人として。

「あの男、きみにまつわりついていたのか？」

「いいえ、そんなこと。あなただって、若者がどんなか、ご存じでしょ。ただ、友だちになりたかっただけじゃない？」

「つまり、きみをひっかけようとしたんだな？　どうしてぼくに声をかけなかった？　それとも出会いを楽しんでいたのか？　どうやらメキシコの男じゃないみたいだが」

「そうね、イギリス人かアメリカ人じゃない？　どっちにしても、もうあの若者のことは忘れましょう。あなたの妻としての評判を落としたわけじゃないんですもの……そんな時間はなかったわ」

「用心するんだぞ、パーシファ」ドンはパーシファの肩をぐいっとつかむ。「ぼくに仕返しをするような行いは絶対に容赦しないからな。ほかの男を使ってぼくの顔に泥を塗るようなところまで、きみには身を落としてもらいたくない――それくらいなら、きみに短剣で刺されたほうがましだ」

「あなた、誘惑なさらないで」

パーシファはドンの強い視線を支えきれなくなって目をそらした。夕暮れの静かな海辺の光景があった。潮騒の音。かもめの鳴き声。ゆるやかな海面をすべる漁船。ふいに、ドンがスペインの詩の一節を口ずさむ。ゆっくりとした口調だったので、パーシファにも意味がわかった。

炎が消えるとき灰にぬくもりを残す
愛が飛び去るとき心に深い痛みを残す

落日のあと、夕映えが華麗に空を染める。パーシファァはまた、ドンのたんすの引きだしにあった写真を思いうかべる。きっと、あの人のことを考えているんだわ。日が沈むのを見て、死んでいった人のことを思い、心が痛んでいるんだわ。

黙ってふたりは帰りはじめた。きっと、ギルはどこかから、わたしたちを見ているわ。そう思ったとたん、パーシファァは石段にハイヒールのかかとをとられて転びそうになる。すぐさまたくましい腕が支えた。

「気をつけるんだよ、いとしい人！　きみに転んでけがなんかされたくないからね」

「だいじょうぶよ」

けれども、心のなかでパーシファァは叫んでいた。そうでしょうとも！　領主さまの跡継ぎを産むまでは、けがなんかさせられないのね！

6

　ドン・ディアブロが一週間ほど仕事で家を留守にすることになったと言ったとき、パーシファはほっとした気持を隠しきれなかった。いつも自分を見張っている目から自由になれると思うと、まるで休暇をもらったような感じがあった。

「仕事でぼくが出かけるのを喜んでいるようだな」ドンは苦々しげに言う。アルゼンチンに飛んで、仲間の有力なドンたちと、牛肉取り引きの話をまとめなければならないらしい。「なんなら、きみもいっしょにきていいんだぞ。何頭か馬も買うつもりだ。一頭はきみの乗馬用にするつもりだから、自分で選んだらどうだ？」

　一瞬、旅の誘惑にかられる。けれども、ドンから自由になれるという誘惑のほうが、はるかに強い。うまくすれば、ギル・ハワードと友情を深めることだってできるかもしれなかった。

「お留守のあいだ、あなたの車を使っていいでしょうか、セニョール？　フアン・フェリスに町に連れて行ってもらいたいの。田舎暮らしの息ぬきになるんですもの。お願い」

「なかなか説得力のある話しかただな、おちびさん《チーカ》。そうなると、ぼくも考え直したほうがいいかもしれない。きみを一週間もひとりにしておいていいのかな？」

「ひとりですって？　ファン・フェリスに言いつけて、わたしをひとりになんかさせないくせに」

「そのとおり……まだきいていなかったが、きみは運転ができるのか、パーシファ？」

パーシファはドンのさぐるようなまなざしにじっと耐えた。免許証はとっていなかったが、運転はマーカスに習っていた。ひとりでは運転させてもらえなかったけれど、マーカスが隣に座って運転を見ていてくれたことなら何度もあった。

「マーカスは自分のロールスロイスを女に使わせるような人じゃないわ。わたしに車を買ってくれるとは約束したけど、約束の二十一歳の誕生日がくる前に亡くなってしまったから……かわいそうなマーカス……」

「ぼくは手紙を書かなくちゃいけない」ドンはふいに立ちあがるとサロンのドアまで行き、ふりかえって言った。「よろしい。そのほうがよければ、館に残りたまえ——きみのことだ、ぼくの友人の前でも幸せそうな花嫁のふりなんかしてくれないだろうからな。ファン・フェリスには、きみが望めばいつでも町まで車で案内するように言っておく。ただし、ばかなまねは許さんぞ。いいね？」

「はい、セニョール」

けれども、ドンがサロンを出てドアを閉めるまでは、ほっとできなかった。ドンの黒いビロードのスモーキング・ジャケット姿が消えると、はじめてパーシファァはソファに体を沈めた。

もしドンをほんとうに怒らせたら、自分であれ誰であれ、ドンは悪魔《デヴィル》そのもののように仕返しをするに違いない。でも、留守中に、運転手の目を盗んで車に乗りたくなることも間違いなかった。

わたしがやったことでファン・フェリスを罰するほど、ドンは不公平な人ではない。それに、ほんのすこしでも自由を味わえたら、そのあとにくる罰も耐えやすくなるだろう。夫という言葉は、伴侶とか保護とか温かみを、まず意味するはずだと思う。それなのに、ドンにあるのは、肉体の情熱だけ――ドンはわたしの所有者だけれど、ドンのいない夢のような七日間だけは、わたしがわたし自身の主人になれるんだわ。

パーシファァは微笑をうかべる。ドン・ディアブロの出発の日がくるのが、いまから待ちどおしくてたまらなかった。

数日後のある朝、ドンがパーシファァの寝室に入ってきて、旅行に出かけることを告げた。ドンはベッドに横たわっているパーシファァのほうにかがみこんで、耳もとでささやいた。

「ぼくがいなくて寂しいと思ってくれるかな?」

きちんとして活力にあふれる感じは、とても真夜中まで領民の家で馬のお産を手伝っていたとは思えない。パーシファもその場に立ちあっていて、やっと子馬が生まれ、よろよろと立ちあがって母馬のところに歩み寄るのを見て、感激のあまり涙ぐんだものだったけれど……。

「ポル・ディオス、きみは美しい。いま、どんなふうに見えるかわかるかい？　きみの瞳は濃い蜂蜜のようだ。そして、ぼくの手でこわしてしまいそうなくらい繊細だ。いや、ほんとうに、自分の手でこわしてしまうぞ——もし、ぼくを裏切ったら。ほかの男をちらと見てもだめだ。きみはぼくのものなんだから。かわいい氷の乙女なんだから。きみをひとり残して行きたくはないな。いっしょにおいで！　ドレスを着て、ぼくといっしょにアルゼンチンに飛ぼう。きっと、きみの気に入るよ。わかってるんだ……」

「いいえ……」パーシファは枕に顔をうずめ、無意識にドンの手を自分の胸に押しあてる。

「時間をちょうだい。あなたのお友だちに会うまでに、もうすこし、時間をちょうだい……あなたもおっしゃったでしょ、あなたに首ったけのふりはできませんもの」

こわばった沈黙が、そのあとに続く。ドンはパーシファを仰向かせ、むりやり自分のほうに顔を向けさせる。もう、愛撫《あいぶ》するような優しさはなかった。

「じゃあ、せめて、別れのキスをしておくれ——ちゃんとキスするんだぞ！」

「いいわ」

パーシファァはおとなしくドンのキスを受けいれる。そのクールな態度がドンの悪魔を挑発したのだろうか、キスは残酷な、激しいものへと変わり、パーシファァの唇にうずきを残した。

ドンはまじまじとパーシファァを見つめる。出かける前に、パーシファァのすべてを記憶のなかにたたきこんでおこうというように。

ドンはパーシファァの髪を手にとってキスする。それから、こんどはパーシファァの裸の肩に。パーシファァはシルクのシーツを握りしめて、けんめいにクールな態度を保つ。

ドンは立ちあがった。栗色のタイ。深い茶色のシャツ。パール・グレイのスーツ。髪をかきあげ、唇をきっと一文字に結ぶ。

「さよならとは言うが、別れるわけではないぞ、パーシファァ。どんなにきみが別れを望んでいようともだ。それじゃ、せめて飛行機の旅の無事くらい祈ってくれたらどうだ?」

飛行機の旅！　その言葉がパーシファァを貫く。ドンが遠く離れているあいだに、ドンの手の届かないところまで飛び去る手段が見つけられたら！

「かわりに、飛行機が墜落することを祈ってるのか、きみは?」パーシファァに口を開くいとまも与えず、ドンはぱっと背中を向けてドアのほうに歩きはじめる。「古いことわざがある――悪魔は自分の面倒を見るってやつさ。だから、若くて美しい未亡人になることに、あまり期待を持たないほうがいいぞ」

そう言いすてると、ドンは部屋を出て行った。パーシファァはじっと、閉まったドアを見つめていた。ドンの皮肉たっぷりの台詞《せりふ》が、いまだに耳もとに聞こえている。

ふいに、身震いが走りぬける。パーシファァはベッドカヴァをはねのけ、ドアに向かって走る。あんな残酷なことを思いこませたまま、旅に出してはいけない。

昨日の夜、わたしはドンの汗まみれになったシャツを見たんだもの。若い動物を苦痛と恐怖から救おうとして、けんめいに戦っていたわ。わたしへの態度はともかく、ドンにもふしぎな優しさがあることだけは否定できないんだもの。

「セニョール……」

けれども回廊には人影がなく、声はむなしくこだまするばかりだった。車が走り去る音。館の門を出て行く音……そしてパーシファァは、望んでいたとおり、いまや自分自身の主《あるじ》だった。

寝室を見まわす。はじめて、朝食に姿を見せるドンの姿がないことに、ふしぎなうつろさを感じて、なぜか落ち着かなかった。浴室に入り、シャワーの栓をいっぱいに開く。

着替えをしようとしていると、いつものようにノックもしないで、カルメンテイラが入ってくる。白椿をいけたつぼを持ってはいるけれど、寝室に入る口実にすぎないことは目に見えていた。

「しばらくお寂しいでしょう、セニョーラ。でも、殿《パドローネ》さまのことだから、一週間と言わず、二週間でも忘れられんほど思い出を残していかれましたでしょう。あんたもいっしょに行くものと思っていたんだけれど……。心配じゃないだかね、セニョーラ？　南米でかわいいラテン美人に会って孤独を慰めてもらいなさらんともかぎらんのに。なんと言うても、男は男だし、ドン・ディアブロは男のなかの男だで。そうでしょうがな？」

老婆のかすかに毒のあるおしゃべりは、はてしなく続く――ズボンなど男の衣装で、自信のあるラテン女性ははかないこと。女も自分の主だなんて考えるのなら、メキシコでも指折りの、この館の女主人になる資格はないこと……。

怒って、わたしが館の女主人なんだから、出て行きなさいと言ってもびくともしない――ミルクと蜂蜜みたいなかただと思っていたけれど、そういうふうに心に火があることはいいことだと言う。しかし、たくさん子どもを産むスペイン女性のようにはけっしてなれないであろうとも。

けれどもカルメンテイラは、パーシファの知らなかったことも、いろいろ教えてくれた。パーシファの実の父親の墓は、館の礼拝堂の裏手の墓地にあること。ドンにはアルバラドという弟がいたが、何年か前にポリオにかかって亡くなり、同じ墓地に眠っていること。

そして、最後には、忠告まで与える。

「あのかたの人間的な面に注意なさることですだ。でないと、あんたの思うとるとおりの悪魔になってしまわれるかもしれん。エスレルド・ルイ家の男には、血のなかにご先祖の残酷さがちょっぴり流れとるでな。でも、賢い女なら、どうすれば残酷さを優しさに変えられるか知っとるものですがの……」

「優しさですって？　太陽が青くでもなったら、わたしだって奇跡を信じるわ！」

チャールズ・レノックス・パジェット
四十五歳にして地上より天国に召さる

しばらくあとで、パーシファァは実の父親の墓の前にひざまずいていた。カルメンテイラの持ってきた椿の花をそえる。頭上の樫《かし》の木の葉群れで小鳥たちがさえずっている。人間の愛と憎しみなど知らぬげに、あくまでも明るく。

ここに、祖国イギリスを遠く離れて、パーシファァがほとんど考えたこともなかった、血のつながる父親の遺体が眠っている。一度も会ったことのない父親の墓の前に、長い長い年月のあと、こうしてひざまずいているなんて。

この実の父親と、父親のかわりになってくれたマーカスが、パーシファァの運命をきめてしまった。ひとりはドンの好奇心をよびさまし、もうひとりは動きのとれない状況のもとでパーシファァをドンの手に託し、この世を去ったのだから。

ふたたび涙がこみあげる。自分に腹を立てながら、パーシファァは涙をぬぐった。椿を一輪、花束からぬきとって、もうひとつの墓を探す。ついに会うことのなかった義弟の墓だった。

アルバラド――弟のほうはアステカの戦いの神にちなんで名づけられている。それなのに、どうして兄のほうは、悪魔にちなんで名づけられることになったのだろう?

パーシファは礼拝堂に入る。日陰で涼しく、磨きあげた祭壇には、青衣のマドンナの彫像があった。聖母のはだしの足もとにはろうそくの炎がゆらぎ、香のにおいが花のにおいと入りまじって、心の平和をよび戻してくれる。

パーシファはひざまずいて、目をつぶった。悲しみと乱れた心が、いやされはしなくても静められるような感じがする。十五分ばかりも、礼拝堂の安らかな雰囲気にひたっていただろうか。

礼拝堂を出、いつドン・ディアブロと出会うかもしれない心配もなく、館の敷地を見て歩く。いちじくとくわの果樹園では、蜜蜂がたくさん花々のあいだを飛び交っていた。かぐわしい空気を胸いっぱいに吸いこんで感覚の喜びにひたりながら、ふと冷たい墓に眠っている死者たちを思って、顔を曇らせる。日差しにゆれる花々も、古い噴水も、宝石のようにきらめく滝も、もう二度と見ることができないなんて。

前庭から中庭《パティオ》に入る。敷石の散歩道沿いに花々が咲き乱れ、蝶の群れが舞う。糸杉が緑の木陰をつくる下に、タイルを張ったベンチがあった。パーシファは腰をおろし、やっとくつろいで、もの思いにふける。

館全体がひとつの芸術品だということは、否定しようもない。代々の当主が心をこめて磨きあげ、木や草木に至るまで、すべてがところを得ている。まるでひとつの音楽だった。パーシファは周囲を見まわし、ほんとうに自分がこの館の女主人だろうかと考えて、はっと息をのむ。ようやく、なぜマーカスが喜んで自分をドン・ディアブロ・エスレルド・ルイの妻にさしだしたのか、わかったような気がして。

マーカスは、愛は心の痛みをもたらすだけだとパーシファに教えたくらいだから、きっと賭《か》けたに違いなかった。パーシファは館そのものへの愛から、きっと、その持ち主である夫に耐えるすべを学ぶだろうというほうに。

すべてを白か黒かに賭けるのは、マーカス自身の生きかただった。トランプの一枚。ダイスのひとふり。そして幸運がほほ笑めば、すべてを手に入れるという激しい生きかた。パーシファはため息をつき、緑の巻きひげをとって口にくわえる。ドンが自分の金髪を口にくわえるのと同じやりかただということには、まったく気づかないままに。

続く何日かを、パーシファは美しい館に親しむことですごした。ひとりで暮らすようになって、はじめて館の女主人としての責任に目覚める。これほど広い領地にこれほど多くの領民をかかえていて、人々の生活も福祉も、ときには幸福さえも、ドンとドンに身近な人々、とりわけ女主人の肩にかかっているのだから。

そうなると、ファン・フェリスの目を盗んで車に乗るなどということも考えられなくなる。あやふやな運転技術で事故をおこすことを考えると、なおさらだった。

ある朝、女主人としての責任を思い知らされる事件がおこった。台所から悲鳴があがるのを聞いて駆けつけてみると、メキシコ娘ふたりが、とっ組みあいのけんかを演じていた。使用人のひとりが、このふたりは若い男のことでけんかしているのだと、パーシファァに報告する。田舎の色男は、娘たちふたりのどちらとも、いい仲になったらしい。

しばらく見ていると、娘たちは何を言っても聞き入れる状態ではないことがわかった。パーシファァは洗い場に歩み寄ると、水差しに水をくんで、かっとなったふたりの娘に浴びせかけた。

とたんに、怒りの叫びはショックのあえぎに変わり、ふたりの娘は茫然《ぼうぜん》として女主人を見つめる。水がふたりの顔から滴り落ちていた。

「この家でそんなふるまいは許しません」パーシファァはゆっくりスペイン語で言う。なんとしても、ふたりにわからせなければならなかった。「ドンがいたら、こんなことはしないはずです。わたしひとりだから、どんなことをしても構わないとでも思ってるの？　ふたりにはっきり言っておきます、こんどまた台所でねこみたいにとっ組みあったら、ふたりともやめてもらいますからね」

娘のひとりは泣きだす。が、もうひとりは濡《ぬ》れた髪をぐいっとひとふりして言う――こんど、ロレータがわたしのボーイフレントに色目を使ったら、短剣で刺してやる。そのほうが、間違いなく静かになるから、と。

「ばかなことを言うんじゃありません、ピラール。その若者がそんなに移り気なら、ほかのボーイフレンドを見つけたほうが賢いわ。男のことでこんなふうにけんかするなんて、はずかしいことよ」

「あなたはけんかなさらないんですか、セニョーラ、あなたのいい人がほかの女に誘惑されても？」

「もうすこしプライドを持ちたいわね……」

「プライドですって？　誰かを愛することと、どんな関係があるんでしょう？」

「女性はプライドを持たなくちゃ……でないと、何者でもなくなってしまうわ」

「わたしなら愛のほうを――情熱のほうをとりますわ、セニョーラ」メキシコ娘は白い歯を見せてにっこり笑った。「あなたはメキシコ人じゃないから、おわかりにならないんです。わたしたち、ほしいものは手に入れます、たとえけんかしてでも。だから、絶対に手離したりしません。もしロレータがまた色目を使ったら、目の玉をえぐりだして、にわとりの餌にしてやるわ！」

ロレータはいっそう泣き声を張りあげ、台所から駆けだして行く。ピラールは勝ち誇って濡れた髪をぐいっとひとふりする。ともかくも、自分のほしいものを、戦って勝ちとったわけだった。パーシファはひそかに、異教の娘に感嘆する。

「けんかはだめよ。わたしが許しませんからね」

台所から出ようとして、パーシファは使用人たちが集まっていることに気づく。使用人たちの目には尊敬がこもっていた。けんかをちゃんと裁いたことで、女主人が気に入ったのだ。

小さな危機を乗りこえると、パーシファは女主人の役から何時間か解放されたくなって、ファン・フェリスに車を用意するように言う。ギルとの気楽なつきあいが待ちどおしかった。

部屋に戻って、念入りにドレス・アップする。青のアンゴラのドレスに、ピンクのアンゴラのクローシュ・ハットをかぶり、母の遺品《かたみ》の真珠のネックレスに、真珠のイヤリングを合わせた。

帽子の色よりわずかに濃い目の口紅をつけると、とてもほっそりとしてシックに見える。ただのショッピングにしては、すこし人目に立ちすぎるかもしれない。

もしカルメンテイラがホールにいたら、なぜ女主人がドレス・アップしたのか怪しむだろう。パーシファはピンクの手袋をはめながら、つんとあごをあげる。誰にも邪魔なんかさせるものですか。

さりげないそぶりで階段をおりる。が、ホールではたきをかけているカルメンテイラの姿を見て、はっと緊張する。やっぱり、外出姿をちゃんと見届けるつもりでいるんだわ。

「ズボンはおやめになっただね、セニョーラ。まるで、誰かお友だちとパーティーにいらっしゃるみたいにエレガントだこと」

「セニョールの立場がありますからね。大地主の完璧《かんぺき》な奥さまに見えなきゃ悪いでしょ?」

「エレガントと完璧だということとは別ですだ。外側は申しぶんなくとも、女というものは、尼さんでもないかぎり内側は罪深いことを考えとるもので」

「罪深いですって?　いったいどうして、わたしがそんなこと考えなきゃいけないの?」

「よくご存じのはずだがね、セニョーラ。あんたの紅茶の葉を今朝占ってみたら、罪をあばく指と花火が見えましただ。それだけでもうおわかりでしょうが?」

「ナンセンスね」

パーシファは微笑をうかべて玄関を出る。老婆ははったりで脅しをかけているだけなのだから。外には車と、濃いベージュの制服を着たファン・フェリスが待ち受けていた。

「町に着いたら広場に車を止めておいてちょうだい。買いものをしますから……今日はドライヴ日和ね」

「ええ、セニョーラ」

運転手は礼儀正しく微笑をかえす。が、目は笑っていなかった。館の連中は、ドンの命令などなくても、鷹《たか》のような目でわたしを見張っているんだわ。ドンの名誉は、自分たちの名誉でもあるのね。

いつものパンツ・スーツのほうが賢かったかもしれない。メキシコ人の目には、ズボンと男友だちとは結びつかないらしいから……でも、ほんとうに火遊びをするわけじゃないんだもの。

ギルとは、ただ気軽なおしゃべりを楽しみたいだけのことだった。そして、たぶん、メキシコを出たいとほのめかし、脱出に手を貸してくれるよう、におわせておいたほうがいいかもしれない。

一時間あまりで、車は町の広場に着いた。例の騎馬隊が見おろしている。いまでは、エスレルド・ルイ家の先祖のひとりだと知っていた――あの厳しい顔、人に命令するような雰囲気！

「どれくらいかかりますでしょう、セニョーラ？　荷物持ちにお伴いたしましょうか？」

「一時間くらいね。お伴なんかいいわよ、フアン。買いものっていうより外出をしたかったんだもの。あなたもカフェで何か飲んでなさい……そうね、いま三時だから、四時ごろには車に戻るわ。心配しなくていいのよ、別に逃げだしゃしないから」

パーシファは足早に車を離れる。運転手が自分を見守っていることはわかっていた。あとをつけてこなければいいけど。商店街の入口でふりかえって、ほっとする。ファン・フェリスは女主人を信用することにしたらしかった。

宝石店の前までくると、パーシファはふいにはずかしくなり、ウィンドウをのぞいて、何か買うものをきめておくことにする。もし、ギル以外の店員が出てきたら、厚かましくミスター・ハワードを呼んでなんてとても言えないもの。

あの小さなひすいの時計なら、わたしの部屋の書物机に合うかもしれないわ……誰かが見つめていることがわかる。運転手に違いないと思って、パーシファはかっとなってふりかえった。

「いいこと、わたし何も番犬なんか……」

ファン・フェリスではなかった。ギル・ハワードが、すてきな、ちょっぴりなぞめいた笑顔で立っている。クリーム色のデニムのジャケットと茶色のスラックスに、薄茶のボタン・ダウンのシャツというスタイルだった。

「町に幻が現れたのかと思ったよ。スポーツ店の前をきみが通りすぎるところを見かけてね。ぼくはテニスのラケットを見てたものだから……あとをつけて、ペルセポネーかどうかたしかめないではいられなかったのさ。今日の午後は休みなんだ。きみの最高にすてきなドレスに気がつかなかったら、行き違いになってたところだった！」

「わたし、時計を買いにきたのよ」ギルに会えてうれしく思いながら、相手が自分に会いにきたものときめてかかっていることにいらだって、パーシファは言う。「このひすいの時計なんだけど、なかに入って、もっとよく見ようと思ってたところなの」

「むだ遣いはよしなさい。香港のもので、とても一級品とは言えないから。館にははるかに立派な時計がいくらでもあるはずだよ……そう言えば、どこなの、ペルセポネー、冥府《めいふ》の王は？」

「あの人のこと、そんなふうに言っちゃだめ」

「ぼくの皮をはいで鞍《くら》袋にされちゃうからかい？　また商談をしてるの？　こんなに愛らしいきみを、ひとりでぶらぶらさせといて」

愛らしいと言ったとき、ギルの瞳がきらっときらめいたのがわかった。とても魅力的で、親切で、そのうえパーシファは、誰かにちょっぴり愛されてみたかった——夫には独占されているばかりで、愛されてはいないのだから。

危険だと思う。危険は蝶の羽のように、はっきり頬をたたいている。けれども、なだめるようにギルが微笑をうかべると、パーシファは蝶の羽をおしのけ、にっこり笑った。

「主人は商用で出かけてるの——南米にね」

「すごい。それだけ離れてればだいじょうぶ！　そこできみは、留守のあいだに町に出てこようと思った……時計を買いにかい？」

「お金のむだ遣いだとおっしゃるのなら、時計のことは忘れますわ、ミスター・ハワード」

「そうなさい。それに、ギルと呼んでほしいな。ミスターっていうのは堅苦しすぎるよ。ぼくらはふたりとも午後いっぱい自由なんだし、同じ言葉を話すし、おたがいに気に入ってることは明らかなんだもの」

「ずいぶんひとりぎめなさるのね。わたし、あなたに会えてうれしいことは否定しないけど、でも、はっきりさせておいたほうがいいわね。わたしは小さな慰めを求めてうろついてる孤独な妻なんかじゃありません。もう一度、友だちとして、お話できたらと思ってただけ」

「わかってるさ、ペルセポネー。だから、そんなに堅くならなくていい。だいじょうぶ。このめぐりあいをだめにするようなことは何もしないよ。きみをひと目見ただけで、本物のレイディだってことはわかるもの。夫が背を向けたとたんに気晴らしを求めるような人じゃない。これでいいかな？　紅茶とホットケーキがあるところを知ってるんだけど……」

「まあ、この町に、そんな夢みたいなところがあるの？」

ギルは一瞬ためらい、パーシファァに一歩、歩み寄って、飾り気のないグレイの目で見つめた。

「ぼくのアパートさ。すぐそこなんだ。きみは母ねこがくわえてる子ねこみたいに安全だって保障するよ。けっしてきみを食べたりはしないから」

　こんどはパーシファァがためらう番だった。あの警告が聞こえる。まるで地面がゆれているみたいに、はっきりと。パーシファァは思わずギルの腕にすがった。

「紅茶をいただきたいわ。あなたを信用します」

「それでじゅうぶん。じゃあ、参りましょうか？」

「ええ、いいわよ」

　そのとき、また地面がかすかにゆれたように思う。パーシファァは、心のなかで、臆病《おくびょう》な自分をしかった――ドンは遠い国にいるんだし、ほかの男性と一時間いっしょにすごしたことなんかわかるはずないんだもの、そんなにひざをがくがくさせることないわ！

7

ギルの部屋は、円形の中庭《パテイオ》を持つラテンふうの建物の一階にあった。天井が高く、涼しい。まっ白な壁には、赤や緑のひょうたんとか、赤いリボンで飾ったギターとか、面白い形の鉢植えとかがかけてある。

ギルは派手なショールをかけた長椅子をパーシファァにすすめた。アメリカたばこの入った箱とふくろうを型どった銀色のライターが並ぶ低いテーブル。明るい色で織りあげた派手なじゅうたん。微笑をうかべてぐるりと見まわしながら、パーシファァは言った。

「すてきなお部屋ね」

とっくにおどおどした気持は消えていた。ここまでくるのにほんの二、三分しかかからなかったから、ファン・フェリスに見つかったはずはなかった。ゆっくり椅子の背にもたれかかり、パーシファァはギルを見やる。ギルは青いドレスにピンクのスウェードの靴をはいたパーシファァから目が離せなくなったみたいだ。

「きみがびくびくするのも当然だな。ぼくだって、きみみたいな妻を持ってれば、きみがほかの男とお茶でも飲もうものならかっかすると思うもの」

「お世辞を使わなくてもいいのよ。洋服のせいよ——馬子にも衣装って言うでしょ」

「ぼろを着てたって、ぼくにはきれいに見えるさ。お茶はどうだい、ミルク、それともレモン？」

「ミルク・ティをお願い。わたしがいれましょうか？」

「いや。きみはそこに座って、部屋の飾りになっててくれればいい。それに、どこに何があるか、ぼくならわかってる。ちょっと狭くてね、台所はいつも散らかってるんだ。でも、このアパートは中心街にも近いし、中庭もついてるだろう。それに、大家さんがいい人でね、男の部屋に客がきても、うさんくさそうにのぞきこんだりしないんだよ」

　ギルは居間の隣にある台所に入って行った。お客って、きっと若い女の人ね。ギルはハンサムだし、男らしいし、見るからに女性とつきあうのが好きなタイプだもの。

台所で食器の触れあう音がし、屈託のない軽やかな口笛が聞こえてくる。こんなギルが離婚経験者だなんて！

「お客さまは多いの？」

「ときどき食事によぶくらいさ」

　ギルはティ・ポットやホットケーキの皿をのせたトレイを持って部屋に戻ってくると、長椅子のそばのテーブルの上に置き、向かい側に大きなフロア・クッションを置いて、腰をおろした。

「きみはママになるのかい?」

思わず小さな身震いが走る。パーシファァは体を乗りだしてティ・ポットをとり、震えをごまかした。

「すてきね。まるでイギリスに帰ったみたい。紅茶とジャムの香りがして、こんな居心地のいいお部屋にいるんですもの」

「館の部屋ってすごく豪華で、高価な品物でいっぱいなんだろう?」ギルはせっせとホットケーキにバターを塗り、たっぷりジャムをつける。「きみには気に入らないの? 若い女性は、めったにない高価な品物にご満悦になるものだろう?」

「あなたもご存じのとおり、わたし、お金のためにドン・ディアブロと結婚したんじゃないもの」かすかな苦悩の色が目ににじむ。パーシファァはギルに紅茶のカップを手渡した。

「たしかに館は美しいわ。でも、わたしには牢獄《ろうごく》なの」

「それじゃ、どうして結婚するようなことになったの、パーシファァ? きみがあの男を愛していないんなら、なおさら深いわけがあったはずだよ。ホットケーキにはジャムをどうぞ。ぼくはいちごジャムに目がなくてね」

「わたしもよ」けれども、いまは喉がからからに乾いていたので、ティ・カップを手に椅子に寄りかかる。結婚の話題は避けられないことだとはっきりわかっていた。「わたしにとって、とっても大切なかたが亡くなったちょうどそのとき、ドンが現れたの。家もなく、行くあてもなく、何ひとつ手に職をつける訓練をしてなかったものだから、わたし、結婚こそ唯一の身を守る手段だって説得されてしまったの。とつぜんわたしに冷たくなった世間から、いままで直面したこともない問題から身を守る手段だからって。それまではいつも、後見人がついててくれて、のんびり暮らしてたものだから、いつのまにか後見人の喜ぶことをやるようになってたのね。だから、ドンとの結婚がその人の遺志だってわかって、わたし……よく考えもしないで押し流されてしまったの。まるで、現実に目覚めたくない夢遊病者みたいに」

「でも、すぐ、きみは現実に引き戻されてしまった。違うかい?」身を乗りだすギルのグレイの目は真剣そのものだった。「あの男は、文字どおり、遊び場からきみをさらったんだ。美しいきみを見て、ドガの絵や珍しい陶器をほしがるみたいに、きみがほしくなった。ただ台座の上に飾っておくつもりがないところは別だけれど――まさに、愛のない結婚じゃないか。あの男はきみを所有した。きみは冥府《めいふ》の王プルートーンにかどわかされたペルセポネーってわけだ」

「ええ……まるでつくり話みたいで、信じられないでしょうね。いまどき、わたしみたいな結婚をする娘なんかいないもの。あの人ったら、わざわざカトリック教会を選んで挙式したのよ。だから、離婚する気はぜんぜんないんでしょうね」

「それじゃ、逃げるしかない。国境をこえて、アメリカで隠れ家を見つけるんだよ。愛してもいない男と地獄のような生活を続けちゃだめだ。指をぱちんと鳴らされて、きみ自身をささげるなんて。むしろ、不道徳だよ！」

パーシファはギルの激しさに面くらってしまう。アメリカ人は、新天地を求めてやってきた先祖から受けついだピューリタン精神を発揮するくせがあることを、まだのみこめていなかったので。

怒りにきらめくギルの目が心配そうにパーシファを見る……何もギルその人に深入りしてほしかったわけじゃなかった。ただ、お金をはずめばメキシコから車で連れだしてくれる男を知っているかもしれないと思っただけなのに。

「まるで一世紀も逆戻りしたみたいじゃないか。ひとりの男が封建的なご威光で国じゅうに君臨するなんて。この地方の住民はたいてい自分の息がかかっているから、きみをひとり残しておいても安全だって、あいつは考えたんだと思うよ。誰も自分の仕事や首を賭《か》けてまで、きみを逃がす者はいやしない。ねえ、あいつにとって、このぼくはものの数にも入っていないんだろう？　あの浜辺でハシリトカゲを見るみたいにぼくを見たやつだものね。インディアンの血のまじった男にしては、まったく傲慢《ごうまん》だよ！」

パーシファは目を丸くして、口もとをゆがめるギルを見つめた。

「そのことは知ってただろう？」

「もちろんよ。自分で話してくれたもの」

「結婚する前にかい？」

「いいえ……メキシコにきてから。わたし、そんなこと、あまり深く考えたことないわ。とくに目立つ体格で、ノミで彫ったような鼻をしてるなって思った程度で——何か違いがあるの？　あの人の所有欲が強いのも、残酷なのも、スペイン人の血のせいなのよ。館にもインディアンはいるけど、とても優しくて、とても子どもを大切にしてるわ」

「インディアンはインディアンさ！　きみときたら、ほんとに何も知らないんだから。あのメキシコ人がきみにわなをかけて結婚したって別に驚くにはあたらないさ。雪のように肌の白い、金髪のイギリス娘を花嫁に射とめる、あいつの弓の震え——なるほど、部族の長だけある。じつに賢いよ！　そんな言いかたは嫌いよ」

「やめて、ギル！　そんな言いかたは嫌いよ」

「きみをおびえさせるつもりはないよ、ハニー。きみがドン・デヴィルから逃げだすためなら、ぼくにできることはなんだってやるよ——それがきみの望みなんだろう？　きみのような人にとって、あいつと生活していくことは地獄だものね。あいつが現れるまで、きみはほんとうのボーイフレントとふつうの恋の駆け引きをしたことさえなかったんだと思う。まして、年寄りの後見人がいたんだから……」

「マーカスはそんなに年寄りじゃないわよ。でも、わたしが隠れみのにしていたことはたしかね。それにマーカスの相手をするのが大好きだったから、分別のない若者相手に恋をしたいと思わなかったわ。マーカスはいつもわたしに、いわゆる、いい結婚をさせたがってたの……」

「すごい結婚だとも！　金ってのはいいものさ、もし財布のひもを握ってるやつさえいなければね。もちろん、きみはずっと逃げだそうって考えていたんだろう？」

「ええ……でも、いろいろと問題があるの」

「そうだろうね。でも、なんとかなるものだよ。あんな男に愛情なんか持てやしないさ！不可能だよ！　なんといっても人種が違うし、考えかたも違う。年齢だってきみよりずっと上だしね。アメリカではきみみたいな立場の人を、金持の慰みものって言うんだけど、まさにそれじゃないか！　たしかに、きみは、ものすごい美人だもの！」

ギルは身を乗りだして、パーシファの小さな手をとり、高価な指輪を見つめる。

「これはすごいや。高く売れるぞ」

「この指輪を売るつもりはないのよ。それじゃ、どろぼうになってしまうわ。これはエスレルド・ルイ家の家宝ですもの。指輪の内側にラテン語が彫ってあるし……わたし、あの人にもらったブローチを持ってるから、それを売ろうと思ってるの」

「うん、覚えてるとも！　はじめて会ったとききみが洋服につけてた豪華なとんぼだね！わかった、それできみは宝石店にやってきたんだね？」

「お金が必要になったら、どれくらいになるかきくつもりだったの」パーシファァは唇をかんだ。「でもあの人が、わたしのパスポートをおさえてるの。あれがなければ遠くまで行けないし、もしメキシコから出られなければ、かならず見つけだされてしまうわ。そんなことになったら、もっとたいへんなことになってしまう」

「もっとたいへんなことって？　どういう意味？　あいつはきみを殴ったりはしないんだろう？」

「もっと厳重に見張らせるようになるってこと。あの人ったら、とっても巧妙なのよ、ギル！　殴ったりするような野蛮な方法を使う必要なんかちっともないのよ」

「ひとにらみできみを縮みあがらせてしまうのかい？」

「そんなところね」

パーシファァはギルから目をそらし、壁のひょうたんを眺めた。いまのふたりにはふつりあいなほど鮮やかな色。ギルの自由で気楽な生活がうらやましい。きっと、衣食住をまかなうだけしか店では働かないのだろう。

わたしって、なんて臆病《おくびょう》だったのかしら。仕事を見つけて自立する能力があるって、とても信じられなくて、自分の人生をあっさりドンの支配にゆだねてしまったんだもの。

「パスポートがどこにしまってあるか見当はつくのかい？」

「鍵のかかった机のなか。でも、どうしてもほしいって言いだせなかったの。理由を悟られてしまいそうで……」

「するとあいつは、きみの気持に対してすこしも思い違いをしてないんだね？　自分を嫌ってるって知ってて、それでも出て行かせないんだね？　なんてこった。まったく典型的なタイプだな。あいつらは女性に人間としての権利を認めちゃいないくせに、欲望を……はっきり口に出すのはよそう。きみを赤面させたくないもの、パーシファ、きみにはよくわかってることだもの。そうだろう？」

　たしかによくわかっていた。けれど、そのことについてギルと話しあうつもりはない。ギルの手からのがれて、パーシファはぱっと立ちあがり、中庭に通じるアーチ型の小道に向かった。開け放たれたドアから、古い泉のまわりに咲き乱れるばらとカーネーションの香りが漂ってくる。こんなに自然な、あるがままの生活に満たされてるなんて、ギルはなんて幸せなんだろう。

「わたし、この土地は好きよ。あなたはどう？　メキシコの生活は楽しい？」

「うん。いろいろ利点があるんだよ。アメリカよりちょっと生活費がすくなくてすむしね。果物はいっぱいあって、洋服だって軽装ですむから高くない。それに、いつも、輝く海と太陽がある」

「それに、ラテン娘もね。信じられないほど魅力的な人がいるのね。まっ黒な髪、大きな茶色の目」

「たしかにね。でも、三十くらいになったらどうなるか見たことあるかい？」ギルは近づいてくると、小道にいるパーシファのすぐうしろにたたずんだ。「きみのような女性は、ハニー、六十歳になってもやっぱり美しい。スリムで、きゃしゃな体つきのままだ」

「センティメンタルになるのはやめましょう、ギル」

体をこわばらせながら、パーシファは軽く言った。なんといっても、自分からギルのアパートまでついてきた事実を無視するわけにはいかなかった。不幸な人妻が、夫よりちょっぴり親切で気のおけない男から慰めを求めていると思われてもしかたがない。けれども、ほかの男性と感情的なもつれがなくてもこんな困った立場にあるのだから、ギルとはやはり距離を置かなくては。

「ひとりやふたり、このメキシコにもガールフレンドはいるんでしょ？　あなたはひとりですごすのが好きってタイプには見えないけれど」

「ひとりふたりは、なんとなく出入りしてるさ。でもロイスとだめになってからは、深入りすることをちょっぴり警戒するようになってね。ほんとにあの子が好きだったから。サンタ・モニカのクラブで歌手をしてて、どうしてもぼくとの放浪生活を受けいれてくれなかったんだよ。すこしは腰の落ち着いたいまになって、家庭を分かちあう妻がいないなんて皮肉なものさ」

「かわいそうなギル」

パーシファは戸口にからまるつるに手を伸ばし、藤色の花をもてあそぶ。強烈な太陽と花々の咲き乱れる国――けれど、パーシファにとっては憂いに閉ざされた生活だった。「ペルセポネー」ギルはそっと両手をほっそりした肩に置いた。「かわいそうなペルセポネーを慰めにやってきた騎士はいたのかな？　あらゆる点で、肌の浅黒い領主とは容貌《ようぼう》も行動も違う騎士が……」

「さあ……どうかしら」

小さな微笑をうかべてギルの手からのがれ、パーシファは中庭に歩み入る。いままで気がつかなかったけれど、むっとするほど暑苦しい。思わず空を仰ぐ。澄み渡った青空が、いつのまにか、一面黄金《こがね》色に染まっていた。まるで太陽が溶けてにじみだしたように。

「嵐になるんじゃなくて？」

びっくりしてギルをふりかえる。まもなく帰らなくてはいけないのに。メキシコでは、雨がふるときは、容赦ない豪雨になると聞いたことがある。豪雨のなかのドライヴでは神経が参ってしまう。それに、帰りの道には砂漠地帯があって、岩肌や砂地が露出しているなかにサボテンの奇怪な茂みが散らばっているだけだった。ギルはしばらく空を見あげていたが、きれいな眉を寄せ、顔をしかめる。

「すっかり暗くなってしまったぞ。いま思いだしたけど、市場の老人が、大地がぶつぶつ言ってるって言ってたな。雨が必要になると、そんなふうにして知らせるんだって。もし、長いあいだ雨がふってないと、大地が裂け、大きな口を開けて、そのなかに人々をのみこんでしまうんだってさ」

パーシファはぶるっと体を震わせた。

「ギル、わたし、帰ります。四時までに車に戻らなきゃいけないの。でないと、運転手が心配するわ。それにどしゃぶりになるようなら、ひどくならないうちに出発しなくちゃ。豪雨のなかを運転するんじゃ楽しくないし、わたしを乗せてたんじゃ、ファン・フェリスも気がもめるでしょうから」

「きみに何かあれば、ドンが運転手をこらしめるって意味かい？」ギルはパーシファをつかみ、くるりと自分のほうを向かせる。こわばったパーシファの顔をじっと見つめるギルの目にも、嵐のきらめきがあった。「あのメキシコ人はきみに夢中じゃないってのはたしかかい？　きみはきれいだもの、あの浅黒い肌の下に……」

「いいえ、あの人はわたしを愛してはいないわ、あなたの言う意味ではね」パーシファはきっぱりと言った。ほかの人は誰も知らないけれど、わたしは知っている。ドンは一度も愛を話題にしたこともなく、ただ自分のものにしたことを宣言しただけだということを。ギルは知らないけれど、夫はほかの女性に――その人を埋葬した日、いっしょに墓のなかに入りたいと願った女性に、ずっと心をささげていることを。「ドン・ディアブロはただわたしを所有してるだけなのよ。独占欲の強い性格だから、自分の所有物がすこしでも損なわれると、かんかんに怒ってしまうの。さあ、行くわ……行かなくちゃ。お茶をありがとう。それに、わたしの悩みを聞いてくださって、とても感謝してるわ……ギル、行かせてちょうだい！　わたし、行かなくちゃあ」

「行かせてあげるとも、ハニー、きみがまた戻ってくるって約束してくれるなら」ギルはパーシファを近くに引き寄せる。「きみは子ねこみたいに弱々しいもの、かわいがられなくちゃね。ドンはきみの首筋をつかむものだから、きみが爪でひっかくようになるんだと思うよ。きみにごろごろ喉を鳴らさせるようにしなくちゃいけないのに。パーシファ、ぼくだったら若い女性を官能的な気持にさせるのは、そんなにへたじゃないよ」

ギルは愛撫《あいぶ》するように腰に手をすべらせる。

「きみをいい気分にさせる誰かを持つってことは、あいつに仕返しをするすてきな方法だとは思わないかい？　ぼくみたいな誰かをね？」

「あの人が何をするかわかってるでしょう、もしわたしがほかの男性と不義を働いてたことを見つけたりしたら？」

「でも見つかる理由はまったくないんだよ」ギルはにやっと笑った。「きみはちょっと純真すぎるよ。いまのぼくらのことを考えてごらん！　ここにいっしょにいることを知ってる者がいるかい？　きみは昼寝《シエスタ》の時間にこの町にやってきた。メキシコ人が昼寝の最中におこされるのは、悪魔《デヴィル》か地震にあったときくらいのものだよ。だから、そこをうまくやれば……」

「いいえ。わたし、ドンや、ドンの途方もない名誉を気にかけてるんじゃないの。ただ、自分自身の名誉を気にしてるだけ。あなたも言ったでしょう、ギル、わたしは愚かな情事を求めるたちじゃないって。そのとおりよ。わたし、そんなふうになったら、自分のことを安っぽく厚かましい女だと感じてしまうわ。それくらいなら、死んだほうがましよ！」

「ごあいさつだな」ギルはのろのろと言った。「自分が地面のくぼみより魅力がないと思われるなんて夢にも知らなかったよ」

「あら、そんなんじゃないのよ！　あなたは魅力的よ、ギル。わたし、あなたが大好き。でも、情事を望んでるわけじゃないの――わたしのほしいのは、自由になることだけ」

パーシファァはほっとため息をつき、つぎの瞬間、ぎょっとして叫び声をあげ、ギルの胸に倒れかかる。地面が足もとで傾いたみたいだった。そして、もう一度、ふしぎな、ぞっとするような震動が襲いかかる。こんどははるかに激しく。ふたりは抱きあったまま、固い中庭の石にほうりだされる。

「地震だ！」

ギルの叫び声が聞こえたとたん、額がとがった石にぶつかり、パーシファァは痛みにうめきながら暗いやみのなかに吸いこまれていった。

気がつくと、柔らかなベッドの上に横たわっている。額の上の氷嚢《ひょうのう》がずきずきする痛みを和らげてくれる。うめき声をもらし、むりに見開いた目の前に、小さな明かりが見える。部屋じゅうがぐるぐるまわり、しばらくは焦点も定まらない。やがて、小さな明かりはランプだとわかる。白い天井の大きな影は、自分のほうに身を乗りだしている男の影だった。パーシファが身じろぎすると、男は近々とのぞきこみ、氷嚢をこめかみのほうにずらす。

「パーシファ、だいじょうぶかい？　ああ、びっくり仰天したよ。きみがあんまり長いあいだ気を失ってるものだから！」

ランプの明かりに照らされたたくましい顔を、もうろうとした目で見つめる。日に焼けているが浅黒くはない。目も灰色で、漆黒の泉のようにまっ黒ではない。

「ギルなのね？　ここは……どこなの？　何がおこったの？」

「かなり大きな地震でね。きみは頭を打って、ぼくがなかに運びこんだ……気分はどう、ハニー？　ひどくぶつけて、もう二時間以上も意識を失ってた。医者を呼びに駆けだすところで、きみのうめき声が聞こえ、身動きするのが見えたんだ。ひどく痛むかい？」

「とっても」弱々しく答えて、おきあがろうとする。とたんに部屋がぐるぐるまわりはじめて、パーシファは枕にくずおれる。「頭が……頭が痛くって、目がまわるわ、ギル。それに、暗いわ！」

「ハニー、ランプがついてるんだよ」ぎくっとした口調。「ぼくが見えるんだろう？　ちゃんと見えるね？」

「ええ」パーシファァはちらと部屋をうかがう。青白い壁、たんす、ランプの炎にゆれるもの影。「もう夜なのね、ギル！　わたし、ここにいちゃいけないいんだわ！」

もう一度、むりにおきあがろうとすると、ギルが枕に押し戻す。

「まだ動いちゃいけないよ、ハニー。頭を打つと軽い脳震盪《のうしんとう》をおこすことがよくあるんだ。さあ、気持を楽にして。地震はもう終わったから。ほら、雨の音が聞こえるだろう？」

パーシファァはしぶしぶ体を横たえる。薄いカーテンを通して、激しく窓ガラスを打つ雨の音がする。まるで鉄の手でたたいているみたいな。

「雨になって熱気も冷めたから助かったよ。でなきゃあ、途方もない大地震になって、ひどい被害が出たかもしれない。何時間か激しい雨がふり続けば、この中庭も花でいっぱいになる。すばらしいじゃないか！」

「ほんと、すばらしいわ、あなたといっしょに何時間もここに閉じこめられることになるなんて。ああ、この頭ったら！　騾馬《らば》に蹴《け》られてるみたい」

「麻痺《まひ》するよりずっとましさ」ギルは片腕をパーシファァにまわして首筋に氷嚢をあてる。

「ほら、いい気持だろう？」

「うふん」たしかに、ものすごくいい気持だけれど、神経のほうこそ静めてほしい。「あなたのせいじゃないってことはよくわかってるけど、わたし、ファン・フェリスのことが心配なの。それに館の者がいったいどう思うかしら？」

「きっと豪雨で足どめをくらったんだって思うさ。かわいい奥さん、そんなにいらだって思い悩むことはないよ。さあ、リラックスして、きみのご主人だって自然現象のためにきみを責めやしないとも。自然の力までぼくらに味方して、一夜をともにすごすことになってしまったなんて、きみのご主人も言わないだろう？」

「一夜……ですって？」

ぞっとしたような目でギルを見つめる。ギルは情けなさそうに笑い声をたてた。

「またそんな目をする。ぼくがまるで女たらしか何かみたいだ。きみの人生に深くかかわった男性は、ふたりとも、自分たちより若い男性に敵意を持つように教えこんだらしいけど、それは間違ってるよ。きみに異論があるかい？」

ギルはからかうように言った。パーシファがだいじょうぶだったという安堵《あんど》の気持と、ふたりきりで豪雨のなかに閉じこめられているという少年っぽい勝利感めいた気持が入りまじった笑いをうかべて。

「そんなことで言い争うつもりはないわ。まるでわたしが、あなたに泊めてもらうことにしたみたいに聞こえるじゃない。わたしの考えてることといったら、明日、家に帰ったとき、どんな言いわけをしようかってことなのに」

「ほんとのことを言えばいいじゃないか。地震と豪雨を避けて、ひと晩泊まるしかなかったって……宿を借してくれた家の人といっしょにね」

「よくって。このさい、真実は問題じゃないのよ。なんと言っても、わたしはあなたとふたりきりで、ここにいるんだもの。どんなふうに聞こえて？　ひと晩じゅういっしょにいた人の名前や住所や身分をきかれるのは当然よ。火を見るより明らかだわ！」

「でも、きみの亭主は南米にいるんだろう？　すぐ尋問することはできないし、ご主人が帰ってくるまでには罪の意識も薄れて、悪意のないうそはなんとなく真実のひびきをおびてくるさ。宿の人は親切だったけど、頭を強く打ったせいでめまいがひどく、名前をきくことさえ思いつかなかったって言えばいい。覚えてることと言えば、中庭つきの家だったって。このあたりにはそんな家は何十とあるからね。だから、頭を強く打ったことでご主人の同情を駆り立てれば、事実なんてどうでもよくなってくる。きみは女性なんだよ、ハニー、どんな女性にもすこしは女優の素質があるものさ。さあ、これで、ブランディぐらい飲める気になっただろう？　気持が落ち着いて、しゃんとするよ」

「わたし……コーヒーのほうがよさそう」

パーシファはバッグや靴を探す。けれど、それがギルの視線を避けているように見えたらしい。ギルはぶすっとして言った。

「きみを酔っぱらわせて誘惑するつもりなんかないよ。女の子がいやがってては、ちっとも楽しくなんかないもの。それに、ぼくがついていても、きみは、まだ、ご主人のことをひどくこわがっているんだからな」

ギルはちょっぴり子どもっぽい渋面をつくる。それも、眉をひそめたドンの浅黒い顔に比べれば、まるで木立を渡る微風のよう。たしかに、ギルは女性によく思われたいたちで、むりやり相手から反応を引きだすのはわずらわしいらしい。たぶん、結婚の破綻《はたん》も、こんな態度のせいだったのだろう。ロイスをむりやり自分の生活に合わせようとせず、自由に自分の道を歩かせて、その結果、まっすぐほかの男の腕にとびこませてしまったんだわ。

パーシファは思わず口もとに微笑をうかべる。ハンサムなギルは、ちょっぴり見え坊なのね。女の子たちに求められることばかり期待して、愛を勝ちとろうとする気構えがないんだわ。でも、ドンのような性格じゃなくて助かった。でなきゃあ、今夜は危険すぎるもの。

「何をにやにや笑ってるの?」

「あなたがとってもすてきなせいよ。女の人が夫以外の男性と夜をすごさなければならないときには、いつだってあなたを推薦してよ。ほんとよ。あなたがサテュロスみたいに女好きだなんて思っちゃいないわ。たまたま、ブランディよりコーヒーが飲みたかっただけ」

「わかった」ギルはベッドの端に腰をおろし、いたずらっぽくパーシファを見つめる。金髪は乱れ、氷嚢のせいでちょっぴり湿っている。額の左側の鉛色のあざ。汚れてしわくちゃになったドレス。あごのかすり傷。「たとえ交戦中だったとしても、きみはじつにすばらしい。だから、危険な男じゃないって言われても、ぼくにはとてもほめ言葉と受けとる自信がない。ドン・デヴィルと比べて、おとなしい男だってことかい？」

「世界じゅうの男性の半分は、主人よりはるかに優しいと思うわ。主人には、スペイン人をゆったり闘牛場に歩み入らせるあの性格——残酷になりきる勇気があるの。アメリカ人もイギリス人も、ほとんど宿命とも言えるこの感覚は持っていないと思うわ。あの人は、たとえどうなろうと燃えつくすつもりでいるのよ。アングロ・サクソンよりはるかに原罪を信じてるもの」

「最後の審判があるからには、未来に希望なきがゆえに、現世を激しく生きよ、なんじ罪深き者よ！」

「まあ、そんなところね。あわれなデズデモーナは、たった一枚のハンカチのせいで首をしめられたのよ。だから、わたしがハンサムなアメリカ人のアパートでひと晩すごしたってドンにわかれば、どうなるかしら！」

「ぼくは、とにかく、まるで魅力がないってわけじゃなくてよかったよ」ギルはそっとパーシファの顔に触れる。「かわいそうなおちびさん、ドンが帰ってくるまでに逃げださなくちゃね。ぼくにできることならなんだって手を貸すよ」

「まずパスポートを手に入れることね。でも、そんなことできるかしら……」

「もちろんさ。ハンマーで机の鍵をこわせばいい」

「わたしの言ってるのは……あの人から逃げだせるかどうかってことなの。この地方の大部分は主人のものだし、鉄道の株だってかなり持ってるはずよ。わたし、ときどき考えることがあるの、たとえイギリスまで逃げのびたとしても、主人はわたしを見つけだして、引きずってでもメキシコに連れ戻すんじゃないかって。わたしを愛してるわけじゃないけど、結婚の相手に選んだんですものね。エスレルド・ルイ家に所属させるってことなんだわ。わたしには……もう自分自身の運命はないの。主人に、主人の未来の計画に、しばりつけられているのよ」

もしドンの目の前で中庭の石に倒れたとしたら、ドンがどんなふうに心配するか、パーシファにははっきり目にうかぶ。跡とり息子をほしいためだけの心配だろう。子どもの産める体のままであるかどうか、パーシファはもう医者の診察を受け終わっていることだろう。どんな暴風雨であろうとドンはかならず医者を呼びつけるにきまっている。

めまいが襲ってきて、パーシファは目を閉じる。くるくるまわりながら、薄暗いギルの寝室から、いつのまにか館のぜいたくな自分の部屋へ――たくましいブロンズ色の腕に抱かれているらしい。ぴったり押さえつけてはいるけれど、静かな胸の下で正確に打ち続ける心臓のなかには、けっして入りこませないまま。獲物を手に入れた虎のように、しっかりつかまえていて、パーシファァはドンをおこさないようにそっと横たわっているしかない。

「パーシファァ?」そっとパーシファァの肩をゆさぶる手。「ハニー、だいじょうぶかい?」

なんとなくぎこちないしぐさに、パーシファァは小さなうめき声をあげ、まばたきをしながら目を開ける。

「だいじょうぶよ。疲れただけ……」

「じゃ、コーヒーをいれよう」

「ええ……すてき」

けれども、ギルが帰ってこないうちに、パーシファァはふたたび深い眠りに落ちていた。

すっかり雨があがり、朝の光が部屋じゅうに差しこむまで。

8

テラスにたたずんでいると、とうとう、ドンを乗せた銀色の車が見えてくる。パーシファは思わず手すりを握りしめた。久しぶりに帰宅するドンは、何げなくいろんなことをたずね、運転手のファン・フェリスが、返事をしていることだろう。当然、先週の地震のことも話題にのぼったはずだけれど、運転手があの日のことをありのまま夫に話すことは、崖《がけ》っぷちから一歩踏みだすようなものだった。

車体にきらりと太陽を反射して、車はスピードをあげアーチ型の小道の下に消えた。エスレルド・ルイ家の家紋を彫りこんだ大きな鉄の門をくぐりぬけ、中庭《パティオ》に出て、車は止まった。ぱっと開いたドアから長い足が外に伸びる。パーシファは目をこらしてじっと見おろしていた。見慣れた浅黒い顔。茶色のスーツにつつんだすらりとたくましい体。きらきら光る中庭のタイルに伸びる長い人影。

高々とそびえる石造りの館は、土台の一部にアステカの神殿の礎石がまじっているという。ちょうどドンの血に、先祖の残虐性と異教徒の信仰がまじっているように。

その敏捷《びんしょう》な血が教えたのだろう。そのとき、ドンがちらりと上を見やり、まっ黒な瞳がパーシファの目をとらえた。けれど、まるで見知らぬ他人を見るみたいに、ドンは表情ひとつ変えなかった。

やがて、かすかに皮肉たっぷりのきらめきが目にうかび、ドンはパーシファに向かって深々とお辞儀をする。日差しが髪にたわむれ、征服者の鉄かぶとの羽毛飾りのよう。豊かな、油気のない縮れ毛の感触が、ふいによみがえり、指先がむずむずする。

ドンが帰宅したからには、また続き部屋のドアからわたしの寝室にやってくるんだわ。音もなくしなやかにヴィキューナの毛皮の、じゅうたんを横切り、部屋着をぱっと投げすてて、わたしが身をひそめているかけぶとんを引きはがすんだわ……。

パーシファはドンがやってくるのをテラスで待っていた。貞淑な妻らしく玄関に出迎えるべきだとはわかっていたけれど。玄関にはカルメンテイラがいて、あからさまにあざけりの色を目に宿し、パーシファが地震の夜についてうそをつくのを待ち受けているはずだから。

「魔法使いの老婆だわ！」

小さく声に出してつぶやく。が、パーシファは真底この老婆が嫌いなわけではなかった。ドンをひとり占めしたがるのも、必死にドンの名誉を守るのも、老婆がラテン人で、そのうえ、少女のころから館に仕えているせいだ。

もしドンが自分の欲望を満たすためにどうしてもイギリス娘をほしいというのであれば、なんと言っても、ドンは男のなかの男《ムイ・オンブレ》だから、老婆も納得する。けれども、こんどの選択に賛成する義理まではないわけで、だから黒い蛇のように、ふたりを引き裂く激しい対立を待ち受けているのだろう。そうなれば、ドンはほかの領主《ポドローネ》たちのようにラテン人の愛人を囲い、思うさまイギリス娘の鼻をあかしてやることができるのだから。

カルメンテイラはパーシファがお高くとまっていると考えているらしい。誇り高く、自分の意志で決定する権利を持っているのは男だけであって、女はつつましく、男の目にとまることを喜ぶものだと信じきっているのだから。なんとかして、みじめなパーシファを見たかったのだろう。だからこそ、パーシファもここにいて、ふたりだけでドンとあいさつを交わすのを待っていたのだった。

あんず色のドレスを着て、パーシファはこの再会に堅くなっていた。フリルのついたシフォンのドレスは肌の色にも、ほっそりしたうなじを見せるシニヨンの髪型にもよく似合う。口紅を軽く引き、ちょっぴり香水をふりかけただけで、化粧らしい化粧は何もしなかった。

ドンは十日間もわたしのそばを離れていたんですもの、もし寂しい思いをしていたら、あの夜のことは大げさに考えないでくれるかもしれない。

そっとこめかみをさわってみる。傷あとはだいぶ小さくなっているけれど、ドンは自分の所有物にすこしでも傷がつくことを許さないたちだろうと思う。ひびの入ったワイン・グラス同様、傷あとのある女なんか大嫌いに違いない。完璧《かんぺき》さだけがドンの目を楽しませるのだから。

パーシファは籐《とう》椅子に腰をおろし、いかにもゆったりと足を組んだ。が、みぞおちのあたりで神経がきゅっと逆巻いているのがわかる。ふたたびすぐ間近にドンがいるという思いに、穏やかに向かいあうことはとうていできなかった——ドンはわたしの体をすみずみまで見まわし、愛撫《あいぶ》もなしに、わたしを自分のものにしてしまうだろう。

ライム・グリーンのクッションに頭を沈め、太陽に向かって目を閉じる。ドンがやってきたとき、まどろんでいたふりをするつもりだった。ドンが館に帰ってきても、何ひとつ心配なんかしていないみたいに。

蝉《せみ》さえまどろむ熱帯の昼さがりの静けさ。壁にはうフランジパニのふしぎな香りが鼻をくすぐる。神殿の花、そして、愛の花……パーシファはかすかに体を震わせる。ドンが帰国するまでにメキシコから逃げだせたら、どんなによかったことか。でも、パスポートを手に入れる方法はなかった。

ある夜のこと、机に鍵がかかっていないことを祈りながら、パーシファはドンの事務室の前に立った。が、驚いたことに、腹立たしいと言ってもいいくらいだけど、そもそもドアに鍵がかかっていて、事務室のなかにさえ入れなかった。わたしがパスポートを見つけだそうとするんじゃないかと疑って、手を打っておいたんだわ。

ドアをどんどんたたき、大声をあげ、足で蹴《け》とばしてやりたい。囚人扱いばかりか、信用のおけない子ども扱いまでするなんて。でも、そのとおりだわ。パスポートさえ手に入れば逃げだすつもりでいたんだもの……手がひとりでにフランジパニのほうに動いて、小さな星くずのような花を、残酷に、ぎゅっと握りつぶす。

無意識のうちに、ドンの近づいてくるのを感じとる。体をこわばらせ、そのままじっと目をつぶる。影がまぶたの上に落ち、ドンがすぐそばにきたことがわかる。ドンはひとことも口をきかない。

悪魔《デヴィル》のような忍耐強さで、わたしが見せかけの冷静さを失うのを待っているんだわ。長い沈黙に、神経が参ってくる。もうこれ以上、奇妙な、あざけりのまなざしには耐えられない。

ドンのほうは、パーシファが目を覚ましていることも、これは意志の戦いであることも、はっきり知っていた。

パーシファは心の底まで見通すドンの磁力のある視線をはっきり感じ、指一本触れられたわけでもないのに目を開けてしまう。ドンはやみの世界につつまれていて、目の表情もわからない。太陽を背にしているせいだった。

ドンはただじっと待っている。最初に口を切らなくては、何か言わなくては……ドンとの再会を待ちこがれているわけではないと、はっきり示してあったので、何げなく声をかけることは、わりに簡単だった。

「ハロー、セニョール。お元気そうね」ドンは荒馬を乗りこなすインディアンのように、日に焼けてやせて見える。「お仕事はうまくいったんでしょう？　これでお金をもっとふやすんでしょう？」

内心、自分の軽薄な言葉に満足だった。が、たちまち、はっと身を縮める。とつぜんドンが上体をかがめ、パーシファの手首をつかんで立ちあがらせると、しげしげ観察する。パーシファはあごをつんとあげ、挑むようにドンを見つめかえす。やましいことなんか何ひとつしていないのだから、あえて申し開きをするつもりはなかった。

「パーシファ、飛行機が墜落して地獄に落ちなかったんで、がっかりしてるのかい？」ゆっくり言いながら、ドンはフランジパニのにおいのしみこんだ手に唇を近づけ、キスをする。ひとつひとつの指に唇をはわせる。小鼻がぴくぴく震え、ドンはふいにパーシファの手のひらを自分の顔にあて、体温でいっそう強められた香りを胸いっぱい吸いこんだ。

「たとえ一時間でも寂しいと思ってくれたと望むのは、厚かましすぎるかな？」

手のひらのなかでドンの唇が動く。ふしぎなことに、なつかしい感覚だった。感覚的な記憶が熱い血潮となってどっと流れだす前に、パーシファは手を引っこめようとする。が、ドンがぐいっとパーシファの腰を押さえ、近々と引き寄せてしまった。

歩いていても、馬に乗っていても、部屋に入ってくるときでさえ、ドンは生命力にあふれ、全身をみごとにコントロールしている感じがあったのに、この乱暴な一瞬、ほんの一、二秒だけれど、ドンのうなじからきびすまで、自分でもどうしようもない戦慄《せんりつ》が走りぬけるのが、パーシファァにもわかった。ドンはパーシファァをぴったり抱きしめ、薄いシフォンのドレスを通して、ほっそりした肉体をすみからすみまで感じとる。

ドンのたくましい体にかかえこまれながら、自分がドンの思いどおりに型にはめられていくことに、パーシファァは気づいていた。まるで粘土のように、やがてはドンの思いのままに型にはめられ、ついには自分自身を見失って、ドンの一部になりきってしまう……。

「いや！」ぐいっと顔をそむける。誰でも自分の思いどおりにしてしまう、この人の力に負けてたまるものですか。しかもパーシファァに対しては、その力に荒々しい情熱をまじえた欲望が加わる。そして、情熱をすばらしいものに変える、あの愛の優しいきらめきのない、暗い秘密へと追い立てていくだけなのだから。「いやです……あなたにキスなんかできません」

まるで苦悩を告白するような口調だった。ドンが与えてくれるのは情熱でしかない。わたしはそんなものがほしいんじゃないわ……それだけじゃいや。

「それじゃ、ぼくにキスできない理由でもあるのか、パーシファァ？」ドンはたくましい手でパーシファァのあごをつかみ、むりやり、まっすぐ自分のほうを向かせる。黒い瞳には小さな炎がくすぶっていた。「何か良心にやましいことがあるんだな？　自分で自分がはずかしくなるようなことがおきたのか？　さあ、なぜ打ち明けない？　いったい、何をしたんだ？　すばらしいガラス器をこわしたのか、それとも、食堂のペルシャじゅうたんにインクでもこぼしたのかい？」

ドンはパーシファをあざ笑う。ほんとうの告発をいきなり口に出したりしない獪猾《ろうかい》な尋問者さながらに。憎しみに燃えて、パーシファはドンのジャケットに爪を立てる。が、骨も折れそうなほど強く抱きしめられていたから、とても顔までは手は届かなかった。

「あなた、ファン・フェリスを問いつめたんでしょう？　そして、あのことをかぎつけたんだわ――あの夜、わたしが町で泊まったことを。わたしにはどうしようもなかったことなのに、あなたは怒り狂ってらっしゃるのね」

「ああ、それほど激しく強い感情だったと言うつもりなのか？　きみにはどうしようもなかったなんて！　それがあの夜の出来事なのか？」

悪魔にも似た形相。こんなにも恐ろしいと感じるのははじめてだった。恐怖のとりこになる――ギルのことを知ってるんだわ！　でも、どうしてわかったのかしら？

タクシーを頼むときだって細心の注意を払ったのに。ギルが勤め先から電話をし、パーシファは広場でタクシーを待ったのに。誰ひとりわたしを見た者はいない――そのとき、パーシファははっと息も止まりそうになる。

たしかに、誰か、広場をうろついていたわ。町から出て行けることにほっとして、いままで、すっかり忘れていたけれど、あの朝、男がひとり、広場にいたわ。ひどくやせた、顔色の悪いメキシコ人だった。山賊みたいなひげをたくわえ、じろじろわたしを見つめていたけれど……。

パーシファはじっと夫を見つめる。何かつかんでいるんだわ――ことによると、何もかも。弁解する気はなかったけれど、こうなっては、弁解するよりしかたがない。ドンの表情は、まるでパーシファに命請いを命じているようだった。

「ファン・フェリスにお聞きになったのね、わたしが町に出かけた日、地震があったことを」つとめて冷静な声で言う。「そして、翌朝、わたしが館に帰ってきたことも？　そこであなたは、わたしがはずべきことをしでかしたと信じてらっしゃるのね？　でも、そんなこと、絶対やってません、セニョール……ほんとうよ。たしかに買いものに行って、そのあとですてきな中庭のある家が並んでいる一角を見つけて、ぶらぶら歩いていたら……とつぜん大地がゆれて、わたし、こわくなって、近くの中庭に駆けこんだの。そこで、倒れて、頭を打って……意識がなくなってしまったんです、セニョール。その家の人たちはとても親切で、朝まで看病してくれたわ。それに、どしゃぶりの雨ですもの、とても外になんか出られる状況じゃなかったし……これが真相なの……」

「ああ、たしかに、地震もけがもほんとうだろうとも」ドンは目を細めて、パーシファの額をちらと見た。「きみは顔にけがをして、それは使用人たちも見ているからな。だが、使用人たちが見たり聞いたりしていないことがあるはずだぞ。きみはあの夜、ひと晩じゅうアメリカ人の青年といっしょだった――ほら、きみの顔にもちゃんと書いてある。どうやら思いだしたようだな？　あいつはあの町で働いてるんだろう？　金髪で、娘たちを惹《ひ》きつける顔立ちをしてて、しかも気楽な暮らしぶりだ。ぼくらも一度、浜辺で出会ったことがあるが、あのときもきみはうそをついたな。ずっと知らないふりをしていたが、あのとき、再会の約束をしたのか？　うまい具合にぼくが背中を向けたら、すぐにも会おうって？　あいつの腕のなかにいるほうが、ぼくの腕のなかより、ずっとよかったかい、ダーリン？」

「あなたがそんなふうに考えるだろうってことは、わたしにはとっくにわかってたわ！」泣き声で言いながら、パーシファは息を止めるようにしめつける両腕からのがれようと、けんめいに体をよじる。「でも、どうしてギルのことがわかったの？　町じゅうにあなたのスパイがいるのかしら？　たしか、あの朝、こそこそうろついてる男を見かけたけど……」

「ものすごくチャーミングなセニョール・ハワードに慰めてもらった翌朝のことだな？」

「ああ、なんてことをおっしゃるの！」

パーシファは冷酷な暗い顔に向かって目を閉じる。ふいに、たとえドンが両手で首の骨をへし折ったところでたいしたことではないように思えてくる。静かに苦痛のときを待つ。だって、ドンはこのうえなく冷酷になれる人だもの。

ギル・ハワードはわたしをとても気に入っていて、情事を持ちたがっていることはたしかだけれど、それ以上の深いかかわりを持つ気持などすこしもなかった。ドンがすでに手に入れているものを、つまりわたしの肉体や、きれいな髪や、冷ややかに輝く容貌《ようぼう》が好きなだけ。わたしそのものを求めているんじゃないんだもの！

パーシファは頭をぐいっとそらせる。まるで首を突きだすように。思ったとおり、ドンは両手でほっそりした白い首をつかんだ。見すえる黒い目が危険な光をおびる。

「そうとも、きみの首の骨をへし折ってやるとも」静かな、ぞっとさせるような口調だった。「どうしてアメリカ人のことがわかったのかふしぎなら教えてやろう。好奇心のあまり、死なれては困るからな。ぼくが家に帰ってきたとき、きみは温かく出迎えようともしなかった。そこで、事務室に入って、留守中の手紙に目を通した。たくさんの手紙のなかで一番興味を引いたのは、汚い、誤字だらけの手紙だった。好奇心にかられて封を切ってみると、以前、ぼくの厩舎《きゅうしゃ》で働いていた男からのものだった。やつはこう言ってきたんだ――ぼくの妻が大通りの宝石店で働くギル・ハワードという名のアメリカ人と寝て、い、た、とね。きみらふたりが店の近くで話してるのを見て、あとをつけて行ったら、通りからあまり離れていないセニョール・ハワードのアパートに入って行った。そのときは、きみがほかの宝石を見にそこまで行ったんだろうと思っていたが、じつはそうじゃなかった。翌朝、また町の広場できみを見かけたという。つまり、やつが言うには、ふたりはひとつになったわけだ……。この情報をつかんで、やつは考えたんだな。ぼくが額に嫉妬《しっと》の角をはやすくらいふしだらな女を妻にしてるってことを世間に知られたくないなら、それ相当の金を払うだろうってね。ねえ、パーシファ、かなり骨が折れる仕事の長旅から帰った男が、この手紙にどんな打撃を受けたか、わかるかな？　なんとも快い歓迎じゃないか？　キスなんかよりはるかにましだ。そうだろう？」

　パーシファはおびえきってドンを見つめるばかりだった。

「脅迫なのね？　あの男が……わたしの見たあの男が？　口ひげをはやした、やせた、あの小男が？　ああ、なんてことなの！　でも、まっ赤なうそよ、セニョール。わたし、ギルと寝てません！　アパートを出ようとしたとき地震にあって、地面に投げだされて頭を打ったんですもの。ギルが面倒を見てくれたの。そして、あの豪雨でしょう……ギルの家にいるよりほか、どうしようもなかったのよ。ギルは……わたしに触れてもいませんわ！　それに、わたしがそんなことさせるわけありません！　わたし、そんな女じゃないわ――誰よりもあなたがよくご存じでしょう、このわたしが……」

「ああ、わかってるとも」パーシファの首に両手をかけたまま、ドンは頭をさげ、唇に唇を近づける。それから、ゆっくり唇を遠ざけると、目を細めて、美しい花のような半開きのパーシファの唇をじっと見つめる。「なぜ、ギルのアパートに行った、パーシファ？ ギルは若くてぴちぴちした男性なんだぞ。目に蜜のような甘さをたたえ、胸をしめつけるような唇をした女性のことを、情熱的で寛大だと思い違いしてもしかたがないだろう。あいつがきみにちょっかいを出さなかったとも、あいつを夢中にさせて、きみがすこしもうれしくなかったとも言わせないぞ。ほんとうは、あいつから逃げだそうとして、つまずいて転んだんじゃないのか？」

「違います」パーシファは首を横にふった。「その点は、誓って、ギルのせいじゃないんです。ギルは親切にしてくれただけなの。額を洗ってくれたりして、完璧な紳士だったわ」

「わかった」皮肉たっぷりな言いかただった。「ギルは冷たい氷の乙女をつかまえたものの、しもやけができる前に身を引いたってわけだ。勇気のある男さ、きみも認めるだろう！」

苦い笑いがドンの目ににじみでている。パーシファもかすかに微笑をうかべた。

「でも、その卑劣な手紙に対して、どうなさるおつもり？　あの馬丁なら、なんとかあなたに仕返しをしようとして、わたしを道具に使おうとしてるんじゃない？」

「そのとおり」

ドンがようやくパーシファから両手を引っこめる。白い制服の使用人が、飲みもののトレイを運んできたせいだった。峡谷を見おろすテラスのテーブルの上にセットする。ドンが飲みものをつくりにかかり、パーシファは腰をおろした。ドンが脅迫状を受けとったなんて、ひどいショックだった。しかも、完全に無実だと証明することもできない……。

「サングリアにするかい？」

トレイの上にルビー色のサングリアのピッチャーがある。ワインとコニャックに、フルーツのスライスとシナモンを加えてソーダ水で割った、いかにもスペインふうの飲みものだ。暑い日にはとりわけおいしい。パーシファははじめて、喉がからからに渇いていることに気づく。

「ええ、お願い」

伏し目がちに夫のほうを眺める。脅迫状にかんかんに怒ってもいいはずなのに、夫はいま、落ち着き払ってパーシファにサングリアを注《つ》ぎ、自分の飲みものをつくっている。

「これで、きみのいらだった神経も静まるよ」

ドンは隣の籐椅子に腰をおろし、ゆったりと足を伸ばす。

「ありがとう」冷たい飲みものをゆっくり味わう。「でも、どうなさるおつもりなの、セニョール？　あの手紙、ただほっとくわけにはいかないでしょう！」

「そうだな。あの卑しい男に会って、牢屋《ろうや》にぶちこんでやるって脅してやらなきゃなるまい。たまたま、やつのことで一、二知っていることもあるし、警察にはよく知っている男もいるからね。あの悪党も、そこまで覚悟してかかったわけじゃあるまい」

「でも、ゴシップだけでも傷つくわ。馬丁の言うことを信じる人だっているでしょう。あなたがお金を拒絶なされば、あの男はきっと人にしゃべり散らすわ」

「ぼくからは一ペニーだってとれやしないぞ。ゆすりに金を出すのは、罪を認めることだ。きみはたったいま、やましいところはすこしもないと、はっきりぼくに誓ったばかりだし、ぼくもきみを見誤っていたとは考えたくない。夫でさえきみを抱くときはいつだって強姦《ごうかん》しているみたいな気分になるくらい、きみは本質的に貞淑なんだと思っていたのは間違いだったとは、どうしても考えたくないんだな。きれいな言葉じゃないが、言いたいことはわかるだろう?」

「わたし……しかたがなかったの、たとえ……」

「パーシファ、ぼくらは何度もこの問題にぶつかって、そろそろ飽きがくるころだ。きみはぼくを憎んでいる! そうだね? きみは自分の意思に反して結婚したと感じているものだから、ぼくはいつだって、きみの意思に反してきみを妻として抱くことになる。それは聖人の忍耐さえゆさぶるほどなのに、このぼくときたら、むしろ悪魔に近い。そうだろう? サングリアはどうだい。甘くて冷えてるかい?」

「ちょうどぴったりよ」ドンが自分にあてこすりを言っていることはよくわかった。「アルゼンチンはいかがでした? 楽しかったかしら?」

「たっぷり馬に乗ってきたよ。ガウチョと呼ばれる南米のカウボーイたちの調教した馬はすばらしい。きみにも雌馬を子馬ごと買ってきたよ。美しい馬だぞ。船で運ぶから、二、三週間もすれば、メキシコに着くだろう」
二、三週間もすればですって！　心臓がひっくりかえりそう。ドンの話しぶりでは、ふたりのあいだがどんな状況にあろうとまるで関係なく、この結婚生活はいつまでもいつまでも続くみたいだ。
「どうした？　きみは乗馬が好きだし、このとびきり上等な馬をきみひとりのものにできるんだぞ。絹のようにまっ黒なんだ、パーシファ。きみの肌の白さがひときわ目立つだろう……いまきみの着ているフリルのついたラテンふうのドレスも、とてもよく似合っているが」

黒い目が、パーシファのくるぶしからひざへ、ひざからうなじへ、ゆっくりすべっていく。パーシファはぱっと立ちあがって逃げだしたい気持を、けんめいに抑えた。

十日間の独身生活のあとにドンが示す荒々しい激しさが心のなかにうかぶ。ふしぎなことに、ドンがほかの女性の腕のなかですこしでも情熱を燃やしたとは思えなかった。ちょうど、自分がギル・ハワードの抱擁に安らぎを見出せなかったのと同じに。ドンはわたしの血管のすみずみまで血を駆けめぐらせるほど、いまもわたしに欲望を抱いているんだわ。心臓が高鳴り、いまにも気が遠くなりそうだった。

両手で冷たいサングリアのグラスをぎゅっと握りしめる。まるで、そうすることが、気を失って倒れることを食いとめるただひとつの手段のように。とてもへんな気分だった。まるで、夫に再会したことと脅迫状が舞いこんだこととがからみあって、自分を弱々しくさせてしまったみたいな。だから、もしドンがぱっと両手で自分をすくいあげ、ほの暗い、たばこのにおいのしみこんだ自分の寝室に連れこんだとしたら、もう、いつものように、ドンに抵抗できなくなってしまうような……。

「心配しなくていい」ドンはライターで葉巻たばこに火をつける。「いまは、きみを眺めていられるだけでじゅうぶんだから。気持を楽にしたまえ、おちびさん《チーカ》、ぼくはたばこをすおうとしているんで、情熱的な恋人のようにふるまおうとしてるんじゃない。まったく、きみの冷ややかなぼくへの嫌悪は、ぼくの気分しだいで、ぼくの血を燃えたたせたり、冷たくしたりする」

ドンは大きく煙をはきだし、椅子のクッションに頭を沈める。テラスにくる前に上着をとっていたので、ストライプの入った茶色の絹シャツ姿だった。ドンはゆっくり片手をあげ、クリーム色のネクタイをゆるめる。

ほかの男性だったら何げないこのしぐさも、ドンがそうするとたちまち官能的な危険な感じを伴うのはどうしてかしら？　パーシファはふしぎでならなかった。ドンが部屋に入ってくるだけで、空気がぴいんと張りつめる。何かドンの持つ磁力のようなものが働くみたいに。

少年のころのドンも、きっと、広大な草原を勢いよく駆けまわる家畜と同じに、乱暴で、思いもよらないことばかりしでかしていたのかしら？　ドンがひとことも口にしない両親にとっても、やはり心配の種だったのかしら？　母親から悪魔と名づけられた、アシエンダ・ルイの荒々しい跡とり息子なんだもの。

それとも、ドンの母親だもの、母親自身、野性的で美しく、まるで聖人らしさのない息子を誇りに思っていたのかしら？　そうかもしれないわ。カルメンテイラやメイドたちは、何よりも、男であることを恐れない男をほめたたえているもの。支配されることを好み、冷たくされないかぎりすべてを男性に許してしまう能力は、ラテン女性の骨の髄までしみこんでいるらしい……。

パーシファは、メキシコでの複雑な生活にため息をもらす。マーカスが自分のために計画してくれていた、昔ふうの単純な生活は、もうけっして戻ってはこないんだわ。

すべてを見通す目で、ドンがものうげにパーシファを眺めている。雌の虎のようにパーシファをたたえながら、なんとか鋭い爪をぬいてしまおうと心にきめた持ち主兼調教師の目で。

ドンは三十六歳。メキシコでは男ざかりと言われる時期に結婚したわけだけれど、それまでに何人もの女がいたことは間違いない。たとえ、完璧な愛はただひとつしかなかったとしても。

　わたしは幕間劇みたいなものなんだわ。ほかの女たちと肌の色まで違い、そのうえドンに冷たいせいで、偉大なセニョールの気をそそっているだけのこと。でも、どちらの理由も愛に支えられないかぎり、長続きするはずがない。

　愛のない未来に身をゆだねるか、それともなんとかうまい手だてを考え、国境越えを可能にするパスポートを手に入れるか、とるべき道はふたつにひとつしかない……パーシファはぎくっとする。ドンが身を乗りだし、浅黒い手でパーシファの手首をつかんだので。

「きみの目は苦しみにあふれている。心もけっして安らかでもなければ、満たされてもいない。きみはアシエンダを鳥かごのように感じている。いつも、手にむちを持ったぼくしか見ない。きみはけっしてここじゃ幸せになれないのかい、パーシファ?」

「けっしてなれないわ」反射的に言葉が出る。「わたしはあまりにもイギリス人なの。だから太陽で乾ききったあなたの大地には、とても根をおろすことができないんです、セニョール。外国人で、うちとけない、情熱のかけらもない相手なんかに、あなたが執着なさるのはなぜ? ラテン人の奥さんのほうがもっと幸せになれるんじゃなくて? きっとうっとりするでしょうに、あなたの支配にも、あなたの……あなたの……」

「自分の口で言えないのかい? たった四文字の言葉だぞ」

「あなたの Lust（情欲）にも」

あざ笑っている顔を見すえながら、パーシファァは吐きすてるように言った。ドンの手がゆっくり太腿《ふともも》にすべり、かすかに身震いが走る。ドンはまっ白な歯を見せて、にっこり笑った。

「昼食のあとに、びっくりさせることがあるぞ、おちびさん、いまは南米の記念とでも言っておこうか。二日間、わざわざリマまで行ってきたんだ。きみが……興味を抱くかもしれないと思って。きみはどう反応するか見当もつかない女だもの。触れれば柔らかなのに、理解するには固すぎる」

ドンはゆっくり手を放す。手の重みの感覚をくっきり残して。それは焼き印よりもドンの所有物であることをはっきり教える。

「ここで昼食をとりたいな」ドンは葉巻の火をもみ消した。「いい子だから、注文しておいてくれないか、パーシファァ。そのあいだに、ぼくはシャワーを浴びて、着替えをすませよう。ステーキとマスク・メロンがいいってオラシオに伝えてくれ。まずカディス産の赤ワインとチーズ、こってりしたスペイン・チーズとオリーヴからはじめるって」

「はい、ご主人さま」

パーシファァはつぶやく。が、夫の細めた目に、あざ笑うような、悪意のこもったきらめきがうかぶのを見て、あわてて立ちあがり、フリルのすそをひるがえして逃げだす。なかばは少女のようにすっかりうろたえて、なかばは大人の女性のように、しなやかな男性の体に炎のように燃えあがる欲望の危険さに心を乱されて。パーシファは中庭に通じる螺旋《らせん》階段を駆けおりる。ドンの哄笑がいつまでも追いかけてくるようだった。

えび茶色の絹のシャツにぴったりした黒のズボンをはいて、ドンが昼食にテラスに出てくる。冷たいシャワーを浴びてさっぱりしたらしい。パーシファも料理人に会ったあと、まっ青な水兵服スタイルのシャツとスラックスに着替えていた。髪は皮ひもでうしろに結び、口紅もすっかりふきとって。ドンがナプキンを広げながら、眉をじいっとあげる。

「これはまた、とつぜん、つつましい服に衣がえしたものだな。ダーリン、きみの見えすいた心を読むのに千里眼はいらない。男の子みたいな服を着て夫の情熱を冷やすつもりらしいが、きみのほっそりした体の魅力を隠すには、スペインの甲冑《かっちゅう》をつけるしかないね。館の古いほうの翼でいくつか見たことがあるだろう？　一度あのなかに入ってしまえば、きみを悩ましに行けるのはねずみくらいのものだから」

「あなたって、ほんとうに面白いかたね、セニョール。ねずみって言えば、わたしが悲鳴をあげると思ってらっしゃるんでしょう」

「とんでもない。きみが悲鳴をあげるのは、まったくおかしなことだが、夫に対してだけさ」

ドンはメロンにちょっぴり砂糖をふりかけ、おいしそうに食べはじめる。食事のあいだじゅう、ドンはなんとなくうきうきしているみたいだった。何かひそかな楽しみを隠しているみたいに。

「すばらしいステーキだ。どんなに手をかけた料理でも、ほかの家で出されるんじゃ、男は心から楽しめないものさ。まったく自分の家にまさるものはない……もうすこしワインはどうだ、パーシファ?」

「ほんのすこしいただくわ、セニョール」

「いいワインだろう? スペインにぶどう園を持ってるってこと、きみ、知ってたっけ? いつか、あの古い国にいっしょに行かなくちゃな」

「あら、わたし、スペインなら行ったことがあるわ。マーカスが二年ほど前に連れてってくれたの」

「後見人と行くのと、ぼくといっしょに行くのじゃ、まったく別のことだよ。ぼくといっしょなら、ほんとうのスペインが見られる。旅行者には閉ざされているスペインがね。何軒かイベリアの海岸沿いに親戚もあるんだ。きみには想像もつかないんじゃないかな――塀をめぐらした中庭がどんなにロマンティックで、しかもサウダーデに満ちたものかってことが」

「サウダーデって? 正確にはどんな意味ですの? スペイン語によくあるように、その言葉には何重もの意味があるのね」

「ぼくら、スペイン人と同じようにね。この言葉は、ノスタルジアとか、夢とか、おぼろな思い出とかと同じようにこの手でつかみとれるものではなくて、ただ憧れのなかにしかないものとして訳すしかないいんだよ。現実は焼きつける太陽だが、サウダーデは涼やかな月の光だ。月の光が人をあざむくように、思い出も人をあざむく。だからこそ、ぼくらは過去に生きないように用心しなくちゃいけないんだけれど。スペイン人にとっては、サウダーデは、至上の苦悩であり歓喜でもあるんだよ。サウダーデがなければ、あるいは感じられなければ、ロマンスさえ痛みも魅力も失ってしまう」

「ロマンスですって？　あなたがそんな……はかない、現実からかけ離れたものを信じてらっしゃるなんて一度も考えたことなかったわ。あなたには、ロマンティックな人って感じがまるでないんですもの」

「ということは、きみが一度もぼくを知ろうとしたことがなかったというだけの話さ」

「いいえ！」

首を左右にふり、激しく反論しようとしたとたんに、ドンの寝室のたんすのなかの写真を思いだす。遠い昔に死んでしまった女性へのサウダーデ。言葉が唇の上で消えてしまう。もちろん、ドンが正しいんだわ。ドンの内面なんて、ほんとうには何ひとつ知らないんだもの。ドンが与えてくれるのは、引きしまったすばらしい肉体にひそむ情熱だけだもの。

ドンにも人に与える心がすこしでも残っていたとしても、それはわたしが産むかもしれない子どものためにとっておいてあるんだわ。ドンは女性への所有欲を満足させることよりも、はるかに子どもを愛する人に違いない。たとえ祖先から受け継いだ冷酷な一面があるとしても、同時にラテン人らしい幼い者への愛情も備えているのだから——体はすぐそばに、心は遠く離れていることに苦しみながらも、夫の保護者としての心遣いには気づかないではいられないくらいだから。

「ぼくは爪みたいに固くって、月の光や魂の魔術をけっして感じとることはできないと言おうとしたのかい？　ああ、たぶん、きみの考えるとおりだろう。魂はとらえどころがないものだし、げんに美しい髪を太陽にきらめかせて座っているきみを眺めながら、現実の快楽を味わっているのは、男性としてのぼくのほうだからね……きみの姿かたちのことを口にすると、きみはすごくまばたきをするね。二カ月も結婚してて、まだはずかしいのかい？」

「はずかしく思わなくなるには何年もかかるでしょうね。あなたの目つきや話しかたは特別なの……いままで慣れてきたのとは違うんですもの」

「違っててほしいね！　イギリス人の後見人と暮らすのと、スペイン人の夫と暮らすのとは、まったく別のことなんだから」

「そうね、マーカスはわたしを守ってくれたけど、あなたはわたしを所有するだけですもの。マーカスと違って、わたしの心にはまったく関心がないんでしょう、セニョール？」

「きみの大好きな人とは違うさ、パーシファ。ただ、すばらしい本や絵のことを話すためだけにきみと結婚したのなら、ぼくは哀れむべき男だもの。それが、きみの望みだったのかい？　結婚生活としても自然じゃないどころか、妻の寝室から閉めだされる夫というのは不自然そのものじゃないか？　イギリスで出会ったとき、ぼくが十六歳上だからって、六十歳の老人みたいにふるまうとでも思ったのかい？」

「わたし……そんなこと一度も考えなかったの」パーシファは目を伏せた。このような話題のときは、いつも刃をあてられているみたいで、落ち着かない。「ひどいショックを受けてて、あなただってそのことはご存じだったはずよ、セニョール。それにつけこんだんですもの。もし、あなたのプロポーズをよく考えてみる時間さえあったら、わたし、結婚しなかったと思うの。マーカスがあなたをわたしの……夫として認めたっておっしゃったとき、あなた、ほんとに正直だったと言えて？」

「ぼくには悪徳がある。が、ふしぎなことに美徳もあってね。そのひとつが、けっしてうそをつかないってことさ。ぼくはストーンヒル邸できみを見かけ……きみをほしいと思った。そこで、きみの後見人に結婚を申しこむと、あのパーティーの帰りに、ぼくの申しこみを受けるようきみに話すってことだった。マーカスは、ぼくが土地や館を持ってることも知っていたし、自分が死ねば自分の土地も家も甥《おい》の手に渡ってしまうことも知っていた。何よりも考えていたのは、自分が死んだあとのきみの身のふりかただった。だからマーカスは、できるだけきみに優しくしてほしいとぼくに頼みさえした。きみがいまどきの娘たちよりはるかに温室育ちだからって警告もしてくれた」

「でもあなたは、その警告を無視なさったわ」

「ぼくが？　きみの後見人はうっかり言い忘れたからさ。きみが鋭い舌を持っていて、男と言い争うくせがあるってことをね。ぼくはそういうことに慣れていなかった。きみが見かけほどかわいい天使じゃないとわかったから、それに応じてきみを扱ったのさ。ぼくだってただの人間だからね。きみはドン・デヴィルと考えているんだろうが……もちろん、ぼくのことだろう？」

「カルメンテイラからお聞きになったのね？　あの人ったら、わたしの部屋をかぎまわって、あなたに告げ口をするのよ。わたしの味方は誰ひとりいないんですもの。皆、わたしのイギリス人らしい顔かたちや生き方をマイナスだと思ってるの。あの人たちはあきらかにラテン人の女主人を望んでるのよ、セニョール。いったい、なぜ同じ国のお嬢さんと結婚しなかったの？」

「なぜって、もうきみと結婚したもの」

「その口ぶりじゃ、わたしと同じように、あなたも後悔してらっしゃるんだわ」

「それ、ほんとう？」どこからともなく、とつぜん声が聞こえた。「あなたたち、ふたりっきりのとき、こんなふうにすごしてるの？」

パーシファとドンは同時に声のほうを見た。

「マドレシータ！」大声をあげて、ドンがぱっと立ちあがる。「それじゃ、もうぼくたちのことをお見通しなんですか？　ふたりきりのとき、ぼくたちが愛の小鳥みたいに仲よくしてないってことも見ぬいたんですね？」

「ディアブロ、愛の小鳥だって、いっしょに鳥かごに入れてごらんなさい。おたがいに口ばしで死ぬまでつつきあうものよ」

髪を美しく結いあげた、黒一色の衣装の小柄な女性が、ふたりのけんかのまっ最中にテラスに姿を現わす。パーシファは目を丸くして女性を見つめるばかりだった。ドンはお祖母さまと呼んだけれど……ドンの近しい親族は皆亡くなったと思っていたのに。

ドンの話していたびっくりさせることって、この完璧な老婦人のことだったのかしら？　このかたがいっしょに車で見えたとしても、ドンが皮肉たっぷりにお辞儀をしたときテラスの反対側に逃げだしてしまったから、気づかなかったんだわ。

こんなふうに、ドンのごく親しいかたに会うのはショックだった。言い争いを聞かれてしまったのだから、狂おしく愛しあっているなんて、とても納得してもらえるはずがない。

「マドレシータ。ぼくの妻をご紹介します。イギリス人だから心配だってあなたがおっしゃった女性です。たしかこうでしたね――塩とこしょうを同じ鍋に入れてまぜあわせるようなものだって」

「ええ、ディアブロ、たしかにそう言いましたよ」上品な婦人は、じっとパーシファァを見つめて答えた。「とてもチャーミングね。あなたにお会いして、なぜディアブロがスペイン人の良識を吹き飛ばしたのか、よくわかります。塩とこしょうは完全にはまじりあわないけれど、でも面白い風味をつくりだせるとは思いますよ。さあ、わたしにキスしてちょうだい！」

パーシファァはテーブルをまわって、ドンの祖母の柔らかな頬にキスをした。

「わたくし……お目にかかれてうれしゅうございます、セニョーラ。夢にも思いませんでしたわ……ドン・ディアブロは、あなたを館にお連れするなんてひとことも言ってませんでしたもの」

「きっと、あなたをびっくりさせたかったのよ」老婦人はちょっぴりいたずらっぽい微笑をうかべ、孫の引いてくれた椅子に腰をおろした。「それに、わたしもびっくりさせたかったんでしょう。あなたのことを、若くて、色白で、世間知らずとは言いましたけど、とびきり美人だって言うのは遠慮してたみたいだから……さあ、腰をおかけなさい。あなた、震えてるんじゃない？」

「ええ……そうなんです」

パーシファァは夫の顔をちらりと見やった。平然とした顔からは、何ひとつ読みとれない。パーシファァは大声で叫びたかった――ドンはわたくしと結婚した理由を何も言いませんのでしたの？

「かけなさい、パーシファ」

ドンは片手をパーシファに置いて椅子に座らせた。祖母の前では、さすが、そのまま握りしめたりせずに、すぐ手を引っこめた。けれどもパーシファは、ふしぎなことに、自分から手を伸ばして、その手を引き戻したいという狂おしい思いにかられるのだった。

9

早朝のすばらしい空気を胸いっぱいに吸いこみながら、パーシファはひとり、露の香りもさわやかな庭園を散歩していた。

　昨日は思いもかけないふしぎな一日だった。ドンの母かたの祖母にあたるセニョーラ・ホアキナ・カラリスに紹介されたあと、しばらくぎこちない会話を礼儀正しく続けただけで、ドンは祖母の腕をとって、何年ぶりからしい館を案内し、パーシファはひとりとり残された。

　夕食は三人でとったけれど、ドンの祖母は疲れたと言って、ドンにつきそわれて寝室に引きあげてしまった。パーシファはサロンで待っていたが、なぜかドンは戻ってこなかったし、ベッドに入ってからも、体を硬くして覚悟していたのに眠りをさまたげにも現れなかった。よく眠れなくて、夜中に何度も目を覚ましたけれど、夜の明けるころにはぱっちり目が覚めてしまった。そして、鳥の声にせきたてられるように、外に駆けだしてきたのだった。

朝露の宿るつる草。金色のがくを持つ百合の花。羽を震わせながら蜜に酔いしれる花びらの上の蝶。パーシファはこのきゃしゃな生きものの邪魔をしないようにそっとたたずむ。

礼拝堂のほうから鐘の音が聞こえた。すぐ近くで、引き寄せられるように思わず歩きだしたとたん、蝶もぱっと飛び立ち、青白い羽をきらめかせながらパーシファの前を飛んで行く。まるで木立に囲まれた礼拝堂に案内するみたいだった。ドアがわずかに開いていて、内部が見える。

ふいに胸が迫る。ドンがマドンナの前にたたずんでいたからだった。赤々と燃えるろうそく。祭壇を飾る白いばら。誇り高い頭を祈るように垂れたまま、パーシファに気づきもしない。

足首に鎖をつけてしばりつけられたみたいに、パーシファは動けなかった。茫然《ぼうぜん》と立ちつくして、はじめて見る夫の姿に視線をさまよわせるばかり。神への恐れなど知らない人だと思っていたのに。ほしいものは自分の力でとるばかりで、絶対に祈りになど頼る人ではないと思っていたのに……。

ようやく動けるようになると、パーシファは言葉もなくその場を立ち去った。木立のなかをそっとぬけて、ドンの留守中に朝食をとっていた中庭《パテイオ》に出た。扇型をした椅子に腰をおろし、若いメイドがコーヒーを持ってくるのを待つ。

パーシファは手を伸ばして、かたわらのティ・ローズにさわり、ぱっと手を引っこめる。

指先に血がにじんでいた。なぜばらにはとげがあって刺すのかしら？　まるで人生のばらにも数多くの問題があって、人を鋭く刺すみたいに。

パーシファは指の血をじっと見つめる。どうしてドンは、とつぜん続き部屋のドアから入ってこなくなったのかしら？　南米にいるあいだ、ほかの女性といっしょでなかったことは本能的にわかっていた。十日もひとりですごしたくせに、完全にわたしを無視するなんて。お祖母さまが館にいらっしゃるので遠慮したのかしら？　それもあるかもしれないけれど、それだけではとても納得できない。

小さな祭壇の前のドンの姿がありありとうかんでくる。ばらの強い香りまでよみがえってくるみたいだった。女性の肌のように白い、思い出の……愛のばら。

パーシファははっと息をのむ。祖母が館を訪れたことで昔話に花が咲き、その人の死がドンを絶望のふちに突き落とした、あのラテン系の美女のことも話に出たんじゃないのかしら……。

そうだわ、ふたりであの人のことを語りあったせいで、ドンは昨夜、わたしと顔を合わせることができなかったのよ。あの人がこの館にいたころのことを、あの人の美しさを、笑い声を、レースの扇の上からのぞく誘うようなまなざしを、ドンは思いだしていたんですもの。

ドンの祖母は、ほかの皆と同じように、イギリス人の妻を持つことに反対だったという。

老婦人はたしかに礼儀正しいけれど、すこしも打ちとけたところがなかった。これからの日々のことを思うと、パーシファは口にくわえた指を思わずかみしめてしまう。

ドンの祖母はわたしのしぐさをひとつひとつ注意深く観察し、洋服をじろじろ眺めては意見をのべ、ドンに対する態度に心のこもった温かさがないと批判がましく言うことだろう。

「そんなこと、我慢できないわ!」小さく声に出して言う。「どうしても逃げださなくちゃ!」

そのとき中庭に人の気配を感じとり、パーシファは立ちあがって、木陰のほうに何げなく顔を向けた。ドンであることをなかば期待していたのに、姿を見せたのは祖母だった。ラテン系特有のもの静かな、こちらがうろたえてしまう態度。

「おはよう、お嬢さん《ブエナス・ディアス》」

その声は申しぶんなく甘く、そして冷ややかだった。衣ずれの音をさせ、ダイヤモンドをきらめかせながら、老婦人は中庭を横切ってゆっくり近づいてくる。衣装もマナーも、古風だけれど、じつに優雅だ。あきらかに、孫の嫁とふたりきりで話す機会をのがすつもりはなさそうだった。

パーシファは気持をふるいおこして、じっと立ちつくす。ドンとの結婚を後悔していることを立ち聞きされてしまったこのスペインの婦人から逃げだしたい衝動に耐えて。老婦人にしたところで、孫の嫁に会うためにはるばるこのアシエンダ・ルイに連れてこられたのに、あんなことを聞こうとは夢にも思っていなかったに違いない。

「おはようございます、セニョーラ」

パーシファは英語で礼儀正しく答える。ここにきて二カ月のあいだにスペイン語は達者になっていたけれど。もっともスペイン語で話すのは使用人とだけで、ドンがスペイン語で話しかけてもかならず英語で答えた。自分の意思に反してここに住んでいることを、はっきり主張しているつもりで。

でもドンはすでに、パーシファがじょうずにスペイン語を話せることは知っていた。一度ならずマファルダやベックと話しこんでいるときにふらっと寝室に入ってきたことがあったから。

このメキシコ人の姉妹はボーイフレンドのことでたえずけんかをし、ときどきパーシファの助言を求めにくる。すでに結婚した女性として、愛に関して、自分たちがまだ知らない洞察力を備えていると信じこんでいるらしい。そんなとき、ドンはとても面白がって、悪魔《デヴィル》のように黒い眉をぐいっとあげ、ベッドの支柱にもたれて言うのだった――はずかしがらずに、そのまま先を続けたまえ、と。

「あなたとふたりでお話ができたらと思ってたのよ」ドンの祖母が言った。「ベックという娘さんが、あなたはきっとここで朝食を待ってるだろうって言ってたから、ごいっしょすることにきめたの。いつもはこんなに早起きはしないのよ。だから、新聞を手にベッドでのんびりすごすお婆さんを引っぱりだすほど、あなたは興味をそそられてるって思っていいのよ」

「ご親切に、ごいっしょしていただいて」

お気に入りの孫の嫁としてとうてい受けいれてもらえるはずのないこの婦人といっしょでは、とてもリラックスできそうにないけれど。パーシファは祖母のために、中庭のテーブルの椅子を引いた。老人らしく小さなため息をもらして、祖母は注意深く腰をおろす。

「昨日の長旅で、この老体はすこうし痛むの。さあ、あなたも腰かけてくださいな、あなたを見あげないですむように……ラテン系の娘と比べると、とっても背が高いのね。もっともディアブロと並んでいるとあまり目立たないけれど。ディアブロのような体格の男がエスレルド・ルイ家にはよく生まれるのよ。ずいぶん昔にアステカの血がエスレルド家の血にまじったせいなのね。あのころの貴族は皆、背が高くて、だから領民ににらみがきいたのよ。あなたもディアブロのなかに、いかにも生粋《きっすい》のラテン人らしい炎がけぶっていることに気がついてるわね？」

「たしかに……イギリスの男性とは違いますわ」

パーシファは丸テーブルの反対側に腰をおろしながら言った。テーブルからはひなぎくと大きなばらとグラジオラスが咲き乱れる土手が見え、いつもなら、美しさに心なごむはずなのに、祖母の鋭い目にさらされていては、それどころではなかった。

「そんなに違うのなら、なぜ結婚したの？」

質問は率直で、ドンがふたりの関係のすべてを祖母に話していないことはすぐわかった。お祖母さまは、ごくふつうに出会って、求愛の手順を踏んだものと思っていらっしゃるんだわ。

いますぐ、テーブル越しにありのままの真実をぶちまけてしまいたい炎のような衝動にかられる。でも、パーシファはためらわずにいられなかった。このかたは思い出と幻想をよすがに生きているお年寄りなのだから。何よりもドンを愛してらして――自分の血を受け継ぎ、しかも生まれたとき腕に抱きとった孫なのだから。

ドンとは切っても切れないきずなで結ばれていて、イギリス娘などにその共感と理解のきずなを絶ち切れるはずなどなかった。それに、またそのきずなを絶ち切りたいとも思わなかった――愛はあまりにもはかなく、あまりにも貴重なものだから、パーシファ自身の幻滅の苦さに染めたりしてはならないと思う。

「たまたま、そうなったんですの」ためらいがちにパーシファは言った。「わたしたち、出会ったとたんに結婚したんです……」

「それでいま、あなたは急ぎすぎたことを後悔しているのね？　ディアブロは理想的な結婚だって受けあっていたけれど、わたしだって、それを信じるほど老いぼれてはいませんよ。あの子は挑戦するために生まれてきたような男だから――子どもはつぎつぎに産んでくれるけれど、口ごたえひとつしない女性と、平穏な人生を送るタイプじゃないこともよくわかってるの。あなたはざくろみたいな人ね。外見はとても愛らしいけれど、固い殻があって、しかも男の歯にはさまる種子をいっぱい持っているの。間違いありませんよ、ディアブロはあなたの殻をいくらかでもはがして、強いまっ白な歯で種子をかみくだこうと、挑戦して楽しんでいるのよ」

祖母はにっこり笑って、手を伸ばし、パーシファの指輪をはめた手を力をこめて握りしめた。

「あなたをメキシコまで引き寄せたのは、ディアブロのお金だったの？　ヨーロッパの女性はとっても計算高いところがあるわ。アメリカでも同じらしいけど。現実の物を所有することを、愛の贈りものより大切にするのね。わたし、考えるんだけど、北の女性は、南の女性がまだ持っているものを、急速に失っているんじゃないかって――ひとりの男にすべてを与えつくす能力のことよ。体も心も魂も。北の女性も体を与えるけれど、冷ややかなの。そして心は、冷凍室にしまったままなのよ。あなたも、そういう女性のひとりなのかしら？」

「違います！　わたし、絶対に、お金目あてで結婚したりしません」かっとなって言う。

「いくらあなたでも、そんな権利は……」

「あら、ありますとも。ディアブロを愛し、ディアブロが幸せになるのを見たいと思ってる者の権利がね。あなたも知ってるでしょう？　あの子はいままで幸せじゃなかったの、何年か前に、あの子の人生を暗く塗りつぶすような事件がおきて。だからこそ、わたしはこうしてメキシコまでやってきたのよ。やっと昔の悲しい思い出を葬ることができたのかどうか、それともねじれた木にしかならない黒い種子のように、風に流されるままになってしまったのか、この目で見届けたかったからなの。ディアブロは過去のことをあなたに話そうとしないでしょう？」

「どんなときも、ひとことも口にしませんわ。でも、わたし、知ってます……」

「いったい何を知ってるの？」

祖母は、苦悩をたたえたはしばみ色の瞳にじっと見入る。瞳には心を惹《ひ》きつける美しさがあって、情熱と怒りと甘い悲しみにふくらむ形のいい唇によく似合っていた。

「カルメンテイラがあることを話してくれましたの。ここに長くいるので、カルメンテイラに隠しおおせる秘密はありませんわ。ひとつふたつ、わざと秘密をもらしたんです。わたくしがラテン系じゃないから反感を持っていて、六年前のドンの不幸を教えたんです。ドンはわたくしと結婚しましたけれど、セニョーラ、ドンのほうも、わたくし同様、後悔していないふりをしてもむだですわね。わたくしたちが昨日言い争っていたことをお聞きになったんですもの」

「ええ、聞きましたよ」

「あなたにとってショックでしたら、ごめんなさい」

「別に、ちっとも驚きはしませんよ。ディアブロからあなたがイギリス人だって聞いたとたん、昔ながらの敵同士が戦場で出会ったんだなってことはわかってたもの。そういう結婚がうまくいくためには、よほど強い愛と寛容が必要だってこともね」

「そしていま、うまくいってないことがおわかりになったわけですわね」

パーシファは視線を落とした。とかげが一匹、口に蝶の羽をくわえて、中庭のタイルの上をすべるように横切っていった。思わず体が震える……ドンが思い出にひたっていた、あの礼拝堂まで案内してくれた蝶かしら？

天国を失って、ドンは地獄に住みついたのね。だから、どちらかの生きかたを選ぶしかなかったんだわ――戦いの傷をいやす愛のない生活か、かっとなりやすい人間同士がいやすすべもなく激しい言葉のとげで傷つけあう生活か。愛は争いも笑いとばせるけれど、憎しみは反感と苦痛を残すばかり……。

「あら、朝食がきたわ」祖母が言った。「今朝はとても食欲があるの。いつもは、お昼近くまでいただかないのに。あなた、何を持ってきてくれたの？」

若いメイドはドンの祖母に生き生きした笑顔を向け、まっ白なナプキンをとる。卵をたっぷり使った、ハムとハーブ入りのトルティージャ。焼きたてのパン。香り高いコーヒーの湯気が銀のポットの差し口から立ちのぼる。祖母の目がぱっと輝く。

「どれもおいしそう！　なるほどね、パーシファ、あなたが中庭で朝食をとるのも当然よ。こんなに大事にされたんじゃ――使用人の感謝の意思表示ってわけね。トレイを持って階段をのぼりおりしなくてすむんだから。あの人のいたころ……」祖母はふいに言葉を切って、小さな銀の皿のふたを持ちあげる。オレンジのスライスにのせた新鮮ないちごが現れた。「けっこうね《エス・ブエノ》。これ以上は望めないわ」

「たいていはロールパンとあんずなんです。たまにいちじくのこともありますけれど。今日はあなたがいらっしゃるから特別なんです、お祖母さま《アブエラ》」

「だんなさま《セニョール》は朝食をこちらでごいっしょなさいますか？」

あいたトレイを持って立ち去る前に、メイドがたずねる。

「そうは思わないけれど……乗馬に出かけたのかもしれないわ。朝早く見かけたとき、乗馬ズボンとブーツをはいてらしたから」

話しながら、パーシファは銀のポットに手をかける。礼拝堂で見たドンの姿が心にうかぶ。朝の日差しがブーツの先にたわむれていた。ドンの馬はどれも気が荒く、乗りこなすのはたいへんなのに、拍車はけっしてつけなかった。遠い日、死神がドンの愛した女性の目を永遠に閉ざしたとき、カルメンテイラの話では、ドンは愛馬が息たえるまで走らせたという。いまもまた、お気に入りのサタナスにまたがって、大草原を疾走しているのだろう。

「あの人のコーヒーは台所に用意しておいてね。たぶん一時間ほどでお帰りになるから」

「はい、セニョーラ。どうぞ、ごゆっくり召しあがってください」

娘はフレア・スカートをひるがえして立ち去った。

「すっかりスペイン語がうまくなったのね」トルティージャにこしょうをふりかけながら、祖母が言う。「ディアブロに習ってるの？」

「とくに習ってるわけじゃないんです。自然に覚えたんですわ。ここにくる前に、すこしは知っていましたから。クリームはいかがです、セニョーラ？」

「ありがとう《グラシアス》。ほんのすこし前は、わたしのことをお祖母さまって呼んでくれたわね。そのほうがいいわ、堅苦しくなくて。ディアブロはあなたのこと、なんて呼んでるの？　わたしたちラテン人は愛称をつけるのが大好きだし、あなたの名前は変わってて、長いでしょう。純粋にイギリス人の名前でもないわね」

「ええ。神話からとったものなんです。後見人が名づけてくれました。若いとき、古典学者の卵でしたの。作家になるつもりだったんですが、ほかに才能があるとわかって――有名なギャンブラーでしたのよ。ドンがお話ししませんでした？」

「あの子、徐々に打ち明けるつもりだったんでしょう」祖母は朝食に口をつけ、満足そうに笑った。「見た目と同じに、おいしいわ。それで、ディアブロはなんと呼んでるの？」

あなたがいやじゃなければ、わたしも同じように呼びたいんだけど」

「ドンは一度も名前を縮めて呼んだりしたことはありませんわ」パーシファはわれながら驚いて言った。「きっと、この名前が気に入ってるんでしょう。それとも、ペルセポネーの神話のほうかしら」

「どっちかしら？」

祖母が眉をぐいっとあげる。とたんに、そのしぐさがドンとそっくりなことに気づく。そう言えば、皮肉なユーモアも、パーシファが大まじめになるとからかうくせも。

「きっと……物語はご存じですわね。冥府《めいふ》の王がペルセポネーという娘を花嫁に迎えたんです。ペルセポネーは半年はどうしても冥府で暮らさなくてはならなくて、残りの半年だけ家族のもとに帰ることが許されていたんです」

「でも、あなたには家族はないって聞いてますよ……パーシファ」祖母の目に、もう微笑はなかった。「それに、あなたはあの子の世界から出て行くつもりはないでしょうね……そんなことをしても、あの子はあなたを連れ戻すだけよ」

「まるでインドの子どものように」

「妻のようにですよ、愚かな子どものようにではなく。ディアブロはなにもあなたを閉じこめてるわけじゃなくて、館のなかでは自由でしょう？　どこにでも好きなところに行けるでしょう。でもこの地方には、あの子よりはるかに情け容赦なく妻を扱う男たちがいるのよ。そりゃあ、ディアブロにも欠点はあります。でも、女性に対しては、はかり知れないくらいすぐれた何かを持っています――あの子は事実、女性の容貌《ようぼう》や風情や感触が好きなんで、女性をただ子どもを産む道具にすぎないなんて考えてやしないもの。あなた、このところがよくわかってるの？　それともうぶすぎて、ほんとうの男と結婚していながら、そのことさえわかっていないのかしら？」

ふいに祖母の声が鋭くなり、あざけりの調子がにじむ。表情までパーシファをあざ笑っているみたいだった。

「ディアブロはあなたが若いと言っていたけれど、まだ子どもだったとは、わたし、夢にも思っていなかったわね」

「それは……あんまりですわ！」まるで平手打ちをくらったみたいな感じだった。「わたし、はっきり知っているつもりです。高い地位と権力のあるドンの妻になるために、メキシコまで引きずってこられたけれど、それもわたしにほんとうに求めていることはただひとつ……」

「そのことを誇りに思うことね」

軽蔑《けいべつ》しきったしぐさで、祖母はぱちんと指をはじく。指輪がこもれ日にきらりと光った。

「ドンは女性を、子どもを産む道具だとは考えていないっておっしゃいましたけど、ドンがわたしに求めているのはただひとつ……子どもを産むことだけなんです」涙がこみあげて言葉がつまる。「すばらしい領地や、たくさんの家畜や、メキシコ人の使用人でいっぱいの農場を受け継ぐ息子がほしいだけなんです。ドンがわたしを愛していないことなんか問題にもならないの。赤ん坊をつくるのに、いったい、愛なんか関係ありますかしら？ドンの欲望を燃えあがらせるだけでじゅうぶんですもの……」

「もうけっこう！」ドンの凍りつくような怒りかたとそっくりなしぐさで、祖母はナイフをがちゃっと置いた。「わたしの孫のことをそんなふうに言うなんて、なんて厚かましい……いったい、あの子はどこであなたを見つけたのかしらね？　女たちが男言葉を使うイギリスのどこかの港の波止場かしら？」

パーシファの頬にさっと血がのぼった。冷静さも威厳も失うつもりはなかったけれど、夫に愛されない嫁の役を演じることを期待されているなんて、あんまりだった。館で顔を合わせる誰もと同じように、根本的に自分を軽蔑している老婦人を喜ばすだけのために。

メイドたちだけが親しみを見せてくれるけれど、それも、わたしのことを本気で女主人だと考えていないせいだけのこと。ここの皆にとって、わたしは殿さまの女部屋の玩具《がんぐ》にすぎないんだわ。

使用人たちは皆、何か重大なことが持ちあがれば、殿さまのもとに駆けつける。台所に火事がおきても、子どもが馬小屋の門から落ちても。メキシコ人はすぐうろたえるけれど、自分たちの上に事故がふりかかれば、女主人なんか見向きもせず、まず主人のもとに駆けつける。

わたしだって、ここの女主人になんかなるものですか……パーシファァはやみくもに椅子をうしろに押しのけ、ぱっと立ちあがる。顔はまっ青で、目は大きすぎるように見え、苦痛の泉のように金茶色にきらめいていた。

「わたし、あの人の子どもなんてほしくありません。子どもを産むくらいなら、バルコニーから身を投げたほうがましです！」

パーシファァの声が中庭にひびき渡ったとたんに、浅黒い手がさっとすだれを横にはねのけ、ブーツと乗馬ズボン姿の長身の男が現れた。むちで打ちのめされたような思いを味わったことは、顔にはっきりと出ていた。あの荒々しい、不幸な叫びを聞きとった苦々しげにゆがめた口もとを見ればあきらかだった。

目の隅にドンの姿をとらえると、パーシファァはぱっと駆けだし、自分の部屋の廊下に通じる外の階段に向かう。怒りのかたまりみたいなすさまじい形相にすっかりおびえて。

館を出て行くつもりだった。どうしてもと言い張るつもりだった。祖母がきているのだから、ドンもパーシファァの意思に反してむりじいにパーシファァをつかまえておくことはできないだろう。ふたりとも、それほど野蛮で残酷だなどということはありえないはずだから……。

階段に着く。ドンに聞かれてしまったことがわかっていたから、つかまるのがこわかった。恐怖にかられるままに階段を駆けのぼる。

「パーシファ！」うしろで大声がひびく。「ばかな子だな、首の骨を折ってしまうぞ！」

一瞬ためらいはしたものの、パーシファは立ちどまらなかった。ドンが追いかけてくる。もしつかまってしまったら……いやよ！　パーシファは叫び、回廊沿いにのがれる。中庭のタイルにブーツの靴音がひびいた。

やっと屋内の廊下に通じるアーチ型の入口にたどりつく。汗が吹きでて、絹のシャツがべっとり体にまつわりついた。

一度だけうしろをふりかえったときのドンの姿ときたら、まるで大地の女神レイアを追跡する軍神マルスのように、浅黒くて、恐ろしかった。パーシファを厳しく罰するつもりでいるみたいに、狂おしげな表情だった——わたしの言ったことは、絶対に許してもらえないんだわ。

すすり泣きながら自分の部屋の前にたどりつき、荒々しくドアを開けて駆けこむ。けれど、ドアを勢いよく閉めたところで、どこにも安全な隠れ場所はなかった。ドンは自分の部屋からふたりの部屋をつなぐドアを通って、つかまえにくるだろう。

ああ、神さま、お祖母さまにあんなことを言ってしまって！　ドンはけっしてわたしを許してくれないわ……あの言葉は、お祖母さまを打ちのめしたのも同じだもの。お祖母さまのこの世の最後の望みは、アシエンダ・ルイで曽孫の顔を見ることなんだもの。一族の繁栄が続くことを、自分の目で見届けることに違いないんだもの。

狂ったようにまわりを見まわす……どこへ逃げればいいのかしら？　部屋の向かいに開け放しのドアが目に入る。ドアは谷間を見おろすバルコニーに通じていた。きっと外のほうが安全だわ。太陽の下でなら、ドンものろいの言葉をわめきちらしたりしないだろうし、もしかしたら、出て行かせてくれるかもしれない。でなければ、このいまわしい結婚でわたしの心がずたずたに裂けるか、ドンがわたしの首の骨をへし折ることになるにきまっているんですもの。

ガラスのドアからバルコニーに踏みだそうとしたとたん、ドンの部屋とのあいだのドアがぱっと開いて、まるで運命のように、ドンが姿を現す。

ドンの顔を見ただけで、パーシファはすべてをあきらめる。苦しげにゆがんだ顔をした男性を相手に、どうして冷静に話しあえるだろう。夫の味わっている苦痛と憤怒は、もはやパーシファを傷つけることによってしかいやされはしないだろう。

パーシファはぱっと身をひるがえすと、バルコニーの手すりに駆け寄る。狂気の瀬戸ぎわまで追いつめられ、逃げ場を失った獣のように。手すりにしがみつき、悲鳴をあげる。夫の怒りの手がパーシファをつかまえ、パーシファの口からはじめて自分の名前をしぼりだす。死の床にある女の、あるいは出産の床にある女の叫びにも似た悲鳴。そしてパーシファの視界すべてを夫の浅黒い顔がおおう。夫はむりやりパーシファを手すりから引き離し、ぐいっと両腕のなかにかかえた。

「そんなことはさせないぞ！」激情と涙ではっきり声にならないような、しわがれた声。

「二度とふたたび、この館のなかで、女にそんなことはさせないぞ！」

　そのままドンはパーシファを抱きあげて寝室に入る。ふいに、どうすることもできないまま、パーシファははらはらと涙をこぼす。ベッドにパーシファを横たえ、ドンもはすかいに横になる。

「きみは、そんなにぼくを嫌いなのか？　ぼくといっしょに暮らすくらいなら、石畳に身を投げるつもりだったのか？」

　パーシファにはドンの声が聞こえていたけれど、すっかりおびえて、打ちひしがれていたので、言葉の意味がよくわからなかった。ただ、たくましい体で押さえつけられ、猛《たけ》り狂う嵐の夜のようにまっ黒な目で、じっとドンが自分を見つめているのを感じるばかりだった。

　ドンは黙りこんで、身じろぎもしない。ようやくパーシファのすすり泣きがおさまる。涙が乾ききると、はじめてドンの言葉がよみがえってくる。

　石畳に身を投げるですって？　バルコニーを乗りこえ、まっしぐらにあの固い石畳へ。体が砕け、もう日の光も月の光もわからなくなるなんて、そして憎しみも愛も……。

「わたし、そんなつもりじゃ……」パーシファは大きくかぶりをふる。「そうじゃないの……とてもこわくて、ほかにどこにも行くところがなくて」

「こわいって？」

ドンの顔は無表情だったけれど、目にはさまざまな感情がひしめいていた。

「ええ。わたしの言葉を聞いて、あなたがかんかんに怒ってたみたいに見えたの……ああ、どうしてわたしと手を切って、出て行かせてくださらないの？　わたしをつかまえてて、どんな満足が得られるの？　だってわたし……あなたは心底サディスティックってわけじゃなくて、所有欲が骨の髄までしみこんでるせいで、ただひとつの理由のためにわたしを求めてらっしゃるんだもの……つまり、赤ん坊を産ませるために」

「ただそれだけのためだって？」皮肉なしわが口もとに刻みこまれる。「かわいいおばかさん、ぼくが女性に求めるのがただ子どもを産ませることだけだったら、多産で情の濃いメキシコ娘と結婚したほうがはるかにいいじゃないか。幸せに酔いしれて、十二年間も、毎年妊娠してくれるもの。ぼくがきみと結婚した理由は神と悪魔しか知らないが、中庭の石畳に身を投げるほどきみを不幸にしたくないし、こわがらせるつもりもないよ……」

苦悩が夫の顔をよぎり、ふいに片手をあげて、そっとパーシファの顔に触れる。手は頬から首へ、肩へとすべりおりて止まった。

「かつてぼくは、あそこでひとりの女性が骨を折り、血まみれになって死んでいくのを見ていなければならなかった。だから、きみに約束するよ、パーシファ。そんなにまでぼくの家から出て行きたいのなら、もう引き止めたりはしないとも」

たしかに夫の声は聞こえたけれど、心はすこしも助かったという喜びにはずまない。それよりも、出て行ってもいいと言う前に話した言葉のほうが、頭のなかでこだまする。

「そんなふうにして、亡くなったのね？」

ほとんどつぶやくように言う。

「ああ」

深いため息が夫の胸の底からあふれる。そして、自分の体重でパーシファが押しつぶされそうなことにやっと気づいたみたいに、そっと身を引いた。とたんに、寒々と打ちすてられた感じがパーシファを襲う。ドンにすがりつき、もう一度、力のかぎり抱きしめたい強い衝動にかられる。何ものも、影さえも、ふたりのあいだに忍びこめないほど、ぴったりと体を寄せあいたい。

心のおののきはあまりにも鋭く、ほとんど痛みを感じるくらいだった。パーシファは力のかぎりレースのベッドカヴァを握りしめる。ドンがほしい……ディアブロがほしい。たとえ、愛されていようといまいと、あなたがほしい。

とつぜん、自分が一人前の大人になった感じだった。とても耐えられないと思っていたことにも、いまなら直面できそうだった……あの女の人がそんなに恐ろしい死にかたをしたのなら、そのとき夫がどんなに苦しんだか、ふいに、はっきりとわかった。

「そのかたは、どうしてそんなことをなさったの？　どうしてそんなことをしてあなたを苦しめることができたのかしら、あなたに愛されていることをよおく知ってらしたのに？」

「もちろん、ぼくが愛していることは知っていたよ。でも、アルバラドの死で、ぼくを責めていたから」

　声が震えている。けっして口にすまいと、とりわけパーシファには話すまいと心にきめていたみたいに、ためらいがちに。

「それじゃ……そのかたは、弟さんを愛してらしたの？」

「もちろんだとも」ドンは眉をぐいっとあげる。いつものなぞめいたふうにではなく、苦い困惑をにじませて。「ぼくがどんなに愛していようと、弟こそ、最愛の息子だったんだよ。ぼくの母《マードレ・ミア》にとっては。とても魅力的で、美しくて、いつも自分にそっくりのアルバラドを見ているだけで楽しそうだった。すらりとした長身、母親ゆずりの大きな目、そしてのびのびと気楽な生きかた。弟は母の聖人で、ぼくは母の悪魔だった。そして、弟とぼくが人食いザメの隠れている砂洲に出かけたあと、弟がポリオにかかったときに、その悪魔は母にとっては現実の悪魔になってしまったんだよ。サメが海岸近くに現れて、若い漁師の両足を食いちぎったとき、いっしょに出かけてサメを殺そうとぼくを誘ったのはアルバラドだった。母は、当然ぼくが反対してアルバラドを行かせないようにすべきだったと言うけれど、そうしたところで、弟はやっぱり出かけて行っただろうね。そうなると、サメが弟に襲いかかって、若い漁師と同じ羽目になるかもしれないから、ぼくもいっしょに出かけるしかなかった。ぼくらは先に鉄の矢ジリをつけたインディアンの弓矢を使ってその怪物をやっつけたさ。そのあとは町をあげてのお祭り騒ぎで、皆がサメ退治を祝ってくれたんだが……」

夫は言葉を切った。悲しみに打ちひしがれた目をぼんやりパーシファのほうに向けている。パーシファは静かに横たわったまま夫のひとつひとつの言葉に耳を傾けていた。夫は、あの女の人のことを〝ぼくの母〟って呼んだわ――安堵《あんど》の喜びに泣きだしたいほどだった。じっさいにうそをついたわけではないが、カルメンテイラは写真の女性を夫の恋人みたいなほのめかしかたをしたけれど……じっさいは、ドンのお母さまだったんだわ！

「あのころ、海は汚染されていて、海辺には腐肉を食うハイエナがいるくらいで、ちょうどポリオが発生していた。そのなかを、アルバラドとぼくは、サメを追ってたっぷり二時間以上も泳いだんだよ。何日かたって、弟にひどい兆候が表れた。鉄の人工肺をメキシコ市からとり寄せたけれど、そのかいもなかった。ぼくのハンサムな弟は、じつにいいやつで、人生はまだこれからというのに、もう呼吸する力さえなく、窒息して死んでしまった。そ

母はけっしてそばを離れず、苦しみもだえながら弟が死んでいくのを見守っていた。そのあと、ぼくはどうしても忘れられないんだけれど、母は言ったんだよ――死んだのがぼ

くだったらよかったのにって。ぼくは悪魔の化身だと。ぼくがアルバラドを、あの汚れきった海に連れだしたんだと……。ぼくは、父と同じように、ものすごくタフな鉄の男だから、ポリオの犠牲になどなりはしない。でも、アルバラドは明るいやつで、誰の目にも感じがよかったから、ポリオまでがとりついてしまったんだよ」

ふたたび、長い、痛ましい沈黙があった。夫を抱きしめて、慰めてあげたくてたまらない。もう、夫のことをほんとうの悪魔だなんて思っていないことを見せてあげたい——周囲の状況で悪魔の役を押しつけられただけなんですもの。お母さまの自殺まで、自分のせいだと自分を責めさいなんでいらしたなんて。

「弟の葬式の日の夕がたの出来事だった。ちょうど太陽が、最後の輝きと美しさのなかを沈んでいくところだった。母の悲鳴を聞きつけて、最初に見つけたのは、このぼくだった。六年も前のことなんだが、それ以来、アシエンダ・ルイは長いあいだやみに閉ざされた館だった。そんなある日のこと、ぼくはチャールズ・パジェットに出会った。彼はぼくにミニアチュアを見せ、もしぼくがイギリスに行くようなことがあれば、自分の娘が貧乏したり困っていたりしないよう守ってやってほしいと頼んで死んでいった。そしてぼくには、後見人を亡くして、きみが貧乏したり困ったりするのは目に見えていたし……何よりも、きみはぼくの人生に、ふたたび日の光をもたらしてくれるように思えたんだよ」

夫は白いレースのベッドカヴァの上に乱れるプラティナ・ブロンドの髪をじっと見つめ

る。顔は苦渋に満ちていた。そこには、パーシファを優しく扱おうとする気持と、パーシファを夢中にさせるというより、いままでいつもそうだったように、むなしい抵抗を試みる犠牲者に追いこんでしまう情熱との、激しい争いがあった。

が、たとえ、夫が与えてくれるものは、情熱だけだったとしても、いまのパーシファはそれを受けいれるだけ夫を愛していた――パーシファは自分から夫に寄りそい、唇をたくましい頬におしつける……ドンは身動きひとつせずに、パーシファからのはじめての愛撫《あいぶ》を受けた。が、とつぜん、夫が声を荒らげる。あまりの荒々しさに、パーシファは縮みあがって、体を離した。

「ぼくを哀れむのはよしてくれ！　きみの哀れみなど、絶対にほしくない！　きみは何ひとつわかっていないのか？　ぼくがきみに求めているものが何かわからないほど、きみはまだ大人になっていないんだな？」

「わたし……いつだってわかってました」パーシファは忙しくまばたきをする。夫のために、そして自分自身のために、泣きだすまいとして。「それはたった四文字の言葉じゃなくて？　でも、喉につっかえて出てこないのよ」

「そうだろうとも。きみはいつだって憎しみの言葉のほうが口に出やすかったものな。だからこそ、きみがいつか、もうひとつの言葉のほうをささやいてくれるだろうなんて愚かな希望は、ぼくは一度も抱いたことがない」

「ささやくって？」目を大きく見開いてドンを見つめる。「その言葉をわたしがいつか口にするのを望んでらっしゃるの？　でも、とてもひどい言葉なのに」

「ひどい言葉だって？」ドンはパーシファをまじまじと眺めていたが、やがて苦笑いをうかべた。「男と女のあいだには、すべてを言い表すこともできれば何ひとつ言ったことにもならないふたつの言葉があって、ふたつとも頭文字がLではじまる。ぼくはLust（情欲）しかきみに抱いてないと考えたんだろう？　獣にも劣る、感情を持たない野蛮人みたいに。ぼくのばかなおちびさん《チーカ》、きみに天国の喜びをあげたいと願っていたのに、ぼくはどうやら地獄の苦しみしか与えていなかったらしいね。それなのにぼくときたら、南米に出発する前には、やっと自分の感じている思いのいくらかはきみに感じとってもらえたと思いこんだりして。でも、いまは、どんなに思い違いをしていたか、よくわかった」

　夫はため息をもらし、片手で頬を撫《な》でる。

「今朝は大あわてでひげを剃《そ》ったからな。でも、母の誕生日だから礼拝堂にばらをささげたくてね……どうした、おちびさん、なぜ、そんな目でぼくを見るんだ？」

「わたし、あなたを見たのよ、ディアブロ。今朝、礼拝堂で、ろうそくとばらに囲まれて立っているあなたを。なんだかとても……寂しそうに見えたの。わたし……あなたが寂しいとしたら、出て行きたくありません……あら、お願い。怒らないで。またどなったりしないで」夫が怒ったりしたらとても耐えられそうにない。パーシファはやみくもに両腕を夫のうなじにまわし、全身を押しつけて言った。「わたし……あなたを哀れんでるんじゃないんです、セニョール。いままでの自分の愚かさを哀れんでいるだけなの。あなたが旅行にお出かけになる前の夜、わたし、思ったんです――あなたはご自分の子どもがほしいために、わたしに欲望を抱くんだって。あなたに関心があるのは子どものことだけだって……でも、そうなの、ディアブロ？　それだけなの？」

「絶対にそれだけじゃない、神にかけて誓っていい！」思いがけず、夫はぱっと、息もできないほど強くパーシファを抱きしめる。「ぼくはなんとか、きみがぼくを愛するようにさせたかったんだよ、最愛の人《ケリディスマ》。きみを自分のものにし、きみを抱きしめるたびに、自分がどうかなってしまいそうだった。絶対にきみを手放したくなかった。でも、ぼくがしばらくのあいだ留守にすれば、きみも寂しいと思ってくれるんじゃないかという気がしたんだ。どうだった、いとしい人《ケリーダ》？　一瞬でも、ぼくと同じように寂しいと思ったことがあったかい？　朝日のたわむれるきみの髪や、夕べの食卓できみの目に映るろうそくの光が見られなくて、ぼくはどんなに寂しかったことか。ぼくを愛してくれときみに迫りたかった。でも、忍耐が必要だろうということもわかっていた――とても苦しいことなんだよ、おちびさん、ぼくのような男がそういう忍耐をしいられるっていうことは」

　夫の腕のなかで身じろぎもしないで横たわったまま、パーシファはひとつひとつの言葉に耳を傾けていた。とつぜん、全身を戦慄《せんりつ》が走りぬける。パーシファは両手に力をこめ、ドンの温かい肌にぴったり体を押しつけた。

「あなたはわたしを自分のものになさったけど、一度もおっしゃったことがなかったわ……大切に思っているって」

「ぼくがばかだったんだよ。きみがほんの小娘だってことを忘れて、一人前の女性として扱ってしまった――きみが好きで好きでたまらないってことは、肉体で伝えられると思ったんだ。でも、逆にきみをおびえさせていたんだね。いまも、こわいかい？　どう？……ちゃんと答えたまえ！」

「いいえ……」パーシファは震える声で笑った。「やっぱりこわいし、こわくないわ。両方ともほんとうなの、ディアブロ。いつだってあなたはいろんな方法で心臓がとびあがるほどびっくりさせるんですもの。でも、あなたに愛されていることさえはっきりわかっていれば、どんなことでも耐えられてよ、何にだって！」

「これは、どう？」夫は頭をさげ、そっと唇にキスをする。「それじゃこれは？」

激しく力のこもった夫のキスが全身を貫き、パーシファは両腕をドンのうなじにからませて、力いっぱい抱きしめる。寝室の戸口から声が聞こえた。

「あら、また、間の悪いときにきてしまったらしいわね」

夫と妻は同時にふりかえり、ドアのそばの小柄で優雅な婦人ににっこり笑いかける。

「マドレシータ、お入りください」

ドンがていねいに言う。

「いとしいディアブロ、わたしだって、出て行くべきときくらい心得ていますよ」祖母もふたりに微笑をかえす。ふいに目に優しさが宿った。「いまはさよなら《アディオス》……また、あとでね」

寝室のドアが祖母の背後で静かに閉まった。

●本書は、1983年4月に小社より刊行された作品を文庫化したものです。

悪夢

2016年10月1日発行　第1刷

著　者　ヴァイオレット・ウィンズピア

訳　者　安引まゆみ（あびき　まゆみ）

発行人　グレアム・ジョウェット

発行所　株式会社ハーパーコリンズ・ジャパン
東京都千代田区外神田3-16-8
03-5295-8091（営業）
0570-008091（読者サービス係）

印刷・製本　大日本印刷株式会社